JN153960

科学探偵 謎野真実 シリーズ
科学探偵
VS.

終末の大予言
前編

もくじ

登場人物……6
プロローグ……8

1 恐怖!! アクロバティック サラサラ、出現 16

2 禁断の言葉 むらさきかがみの呪い 80

3 日本滅亡を告げる予言獣 140

4 頭の中にこだまする終末の音 188

エピローグ…… 234

その後の科学探偵…… 246

この本の楽しみ方

この本のお話は、事件編と解決編に分かれています。登場人物と一緒にナゾ解きをして、事件の真相を見つけてください。ヒントはすべて、文章と絵の中にあります。

登場人物

謎野真実

エリート探偵養成学校からの転校生。妖怪や都市伝説などの〝不可思議事件〟を、天才的な推理力と幅広い科学知識で解き明かす。

宮下健太

超ビビリだが、不思議なことが大好き。尾狩トモミに頼まれて、真実たちと、行方不明の少女の捜索に協力する。

青井美希

健太の幼なじみで、ジャーナリスト志望の新聞部部長。

尾狩アリス

尾狩刑事の妹。現在行方不明。

花森小の6年生たち

杉田ハジメ
マジメすぎる性格のため「マジメスギ」というあだ名を持つ。ある事件で学校を休むようになる。

内村静人
成績優秀な少年。

平田並男
目立ちたがり屋でお調子者通称「平田少年」。

隣町の小学6年生たち

矢部伸樹
元クラスメートの3人。〝禁断の言葉〟の事件に巻き込まれる。

長谷川圭一郎

三上彩

尾狩トモミ

花森警察署でかつては「若手のホープ」と呼ばれていた刑事。妹・アリスの失踪を機に、妖怪や都市伝説などの〝不可思議事件〟を調べている。

金森夫婦

尾狩刑事の行きつけの喫茶「ポエム」を営むマスターとその妻。アリスを捜す尾狩刑事を励まし、支えている。

「ねえねえ、あのうわさ知ってる？」
ある日の夕方。
公園に3人の子どもたちがいた。
小学6年生の背の高い男の子が、クラスメートらしき2人に話しかけている。
「うわさって、どんなうわさ？」
白いヘアバンドをした女の子が、男の子にたずねた。
「それはね、『予言の書』っていう本のうわさだよ」
「よげんのしょ？」
女の子が首をかしげると、隣にいた短髪の男の子が口を開いた。
「そんなうわさ、聞いたことないよ」
女の子もうなずく。

背の高い男の子は、「ぼくも昨日知ったんだ」と言った。
彼はスイミングスクールに通っていて、隣町の小学校の男の子と仲がいいらしい。
「その子が言ってたんだ。最近、学校の友達がみんな、予言の書の話をしてるんだって」
「みんなが？　うわさが広まってるってことだよね？」
短髪の男の子が驚く。
「それで、その予言の書ってどういうものなの？」
女の子は興味を持ったようだ。
背の高い男の子は、2人をじっと見つめた。

「その本には、ありえない現象や、信じられないような怪人や怪物が、いつ、どこに現れるかが書かれているらしいよ」

教えてくれた子も、学校の友達も、誰もその本を実際に見たことはないらしい。その本が存在しているというううわさだけが広まっているのだという。
「その本、どこで売ってるの？」

「売ってる本じゃないよ」
背の高い男の子は、短髪の男の子に言った。
「予言の書はある日突然、自分の部屋の机の上に置かれてるんだって。だけど、けっして中を見たらいけないらしい」
「なぜ？　見たらどうなるの？」
女の子の言葉に、背の高い男の子はゆっくりと答えた。
「本の中を見てしまったら、
――その人は、この世界から消えてしまうんだって」

●

（なんだかちょっと不思議な話だったな）
とあるマンション。家に帰ってきた女の子はそう思いながら、リビングへやってきた。
リビングの横にあるキッチンに入り、冷蔵庫を開ける。中にはラップをしたカレーが入っていて、「8時ぐらいには帰るから、先に食べててね」と書かれたメモが貼ってあった。

「毎日ありがとう、お姉ちゃん」

12歳年の離れた姉は、朝、女の子が起きる前にその日の分の食事を作り、仕事に出かける。

5年前に両親を交通事故で亡くした女の子にとって、姉は親代わりのような存在だった。

女の子は、持っていたかばんを置くために自分の部屋へと向かった。

（予言の書に興味はあるけど、この世界から消えるなんて、さすがにありえないよね）

女の子は部屋を見渡す。本棚には、科学に関する本や世界科学コンクールのメダルが並んでいる。

壁に貼られた紙には、「めざせ　コンクール優秀賞!!」と書かれていた。

（よし、今日も夕ごはんを食べ終えたら、科学の勉強をしようっと）

予言の書の話はすっかり頭から消え、女の子はかばんを机の横に置いた。

「えっ？」

ふと、机の上を見る。

めざせ
コンクール
優秀賞!
一の日。
西の家。
街の頂上に赤い帽子を見れる

そこには、見覚えのない赤い表紙の本がポツンと置かれていた。

「誰が置いたの?」

家には女の子と姉しか住んでいない。女の子が家を出るとき、机の上には何もなかった。

姉が仕事から一度帰ってきて本を置いたとは考えにくい。

女の子がとまどいながら本を手に取ると、表紙には本のタイトルが書いてあった。

『予言の書』

「ええっ??」

クラスメートの男の子が言っていた本だ。

彼のイタズラかと思ったが、部屋に入れるわけがない。

女の子はおそるおそる、さらにページをめくった。

『1の日。酉の刻。街の頂上に赤き女が現れる』

「これって……」
予言だ。女の子はゾッとする。
同時に、そこに書かれている予言と不気味な絵に強く引きつけられた。
「酉の刻って、たしか夕方の5時から7時ぐらいだよね？
それに1の日っていうのは……」
女の子は壁に貼られたカレンダーを見る。
1日は明日だ。
女の子は、予言の書をじっと見つめながら、ひとりつぶやいた。

「明日の夕方に、何かが起きる……」

十二支で時刻を表す方法

1日24時間をだいたい2時間ずつ12に分け、十二支を当てはめて呼ぶ方法を十二時辰という。

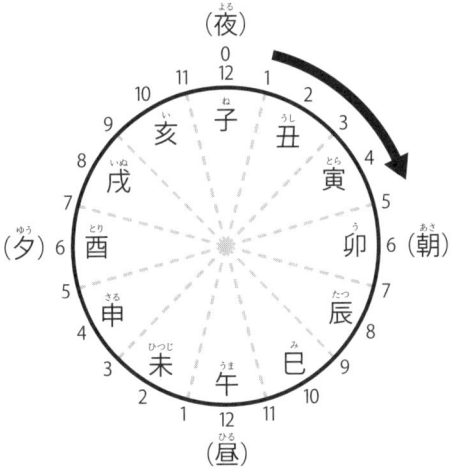

酉の刻は何時?

現在の午前0時の前後2時間を「子の刻」とし、以下、丑、寅、卯……と順に数えていくと「酉の刻」は夕方5時から7時ぐらいとなる。

恐怖!!アクロ

終末の大予言[前編] 1

バティック、
サラサラ、
出現(しゅつげん)

4両編成の電車が、山や田畑が広がる自然豊かな土地を走っていく。
田んぼでは、黄金色の稲穂が風に吹かれて揺れている。
花森小学校に通うマジメスギこと、杉田ハジメはドアの近くに立って窓の外を眺めていた。
この日の夜は両親が出かけるので、隣町にあるおばあちゃんの家で過ごすのだ。
ハジメは、腕時計をチラリと見る。
(ずいぶん早く着いてしまいそうですね……。おばあちゃんが迎えに来てくれるまで時間をつぶすとしますか。近くのショッピングセンターにある本屋か……無料で楽しめる足湯コーナーも捨てがたいですね)
ハジメは再び顔を上げて窓の外に広がる田園風景を見た。夕方の空はどんよりと曇っていて、窓がポツポツと雨つぶで濡れはじめていた。
(……そういえば少し前に、この近くで子どもを追いかけ回す不審者が出たといううわさがありましたね)
電車の進行方向を見ると、田んぼと線路の間にある農道を歩く人のうしろ姿が小さく目に入った。

(あれ、あんなところに傘もささずに歩く人がいますね。女性でしょうか?)

うしろ姿はだんだん大きくなる。真っ赤なワンピースから真っ白な腕がのぞき、ツバの広い真っ赤な帽子をかぶっていた。背は高く、長い髪の毛がひざのあたりまで伸びている。

ハジメは妙にその女のことが気になって、じっと目で追ってしまう。

足湯
ひざから下の足元の部分だけをお湯につける入浴の仕方で、温泉地や観光地には無料で利用できる施設が多くある。

電車の追い抜きざまに急にハジメのほうに顔を向けた女は、まるで威嚇するかのように長くするどい両手の爪をつきたてて、大きく口を開けた。

ハジメはドキリとする。

見てはいけないものを見てしまったと感じ、あわてて窓に背を向ける。

すぐに、電車はおばあちゃんの家の最寄り駅に着き、ハジメは電車を降りた。小さな駅だが、駅前にはバスターミナルがあり、近くには大型ショッピングセンターもある。連休最終日の夕方を過ぎ、小雨も降っているせいで、駅には人が少ない。

改札に向かうハジメの足は震えていた……。

（さっき電車から見えたあの女の人は、いったいなんだったのでしょうか？）

頭の中は、赤いワンピースの女のことでいっぱいだった。

ハジメは改札を出たところで息をのんで、立ち止まる。

駅構内のコインロッカーコーナーの片隅に赤いワンピース姿の人が立っていたのだ……。

（……まさか、さっきの女の人!?）

気づかれないようにサッと様子をうかがったが、女はツバの広い帽子を目深にかぶっていて、顔がハッキリとは見えない。電車から見たときは気づかなかったが、あきらかに異様なのは、その女が裸足だったことだ。

ハジメは直感的に危険だと思い、目を合わせないようにしながらショッピングセンターに向かって歩きだす。

あわてるあまり足がもつれ、うしろを振り返ると、赤いワンピースの女もゆっくり歩きだして、こちらに向かってきた。

（え？　なぜ、ワタシのことを追ってくるのですか!?）

ハジメはあわてて駅の連絡通路を歩き、大型ショッピングセンターの中へと入った。

店内は広く、スーパーや、専門店がたくさん入っている。人がまばらだった駅と同じく、客足は少ない。

なるべく女から離れようと、すぐにエスカレーターに乗って上の階をめざした。

ショッピングセンターは吹き抜けになっていて、エスカレーターからは広いフロアを見渡すことができる。周囲をキョロキョロと見回すが、女の姿は見えなかった。

(……よかった。追いかけられたと思ったのは、ワタシの勘違いだったのですね)

おばあちゃんとの待ち合わせの時間まで、書店の学習参考書コーナーで過ごすことにした。

広い店内にはたくさんの本が並んでいる。客も少なく、静かだ。

ハジメはつぎつぎと参考書を手に取る。

吹き抜け
2階建て以上の建物で、下の階の天井と上の階の床がなく、上下の階がつながった空間になっている場所のこと。

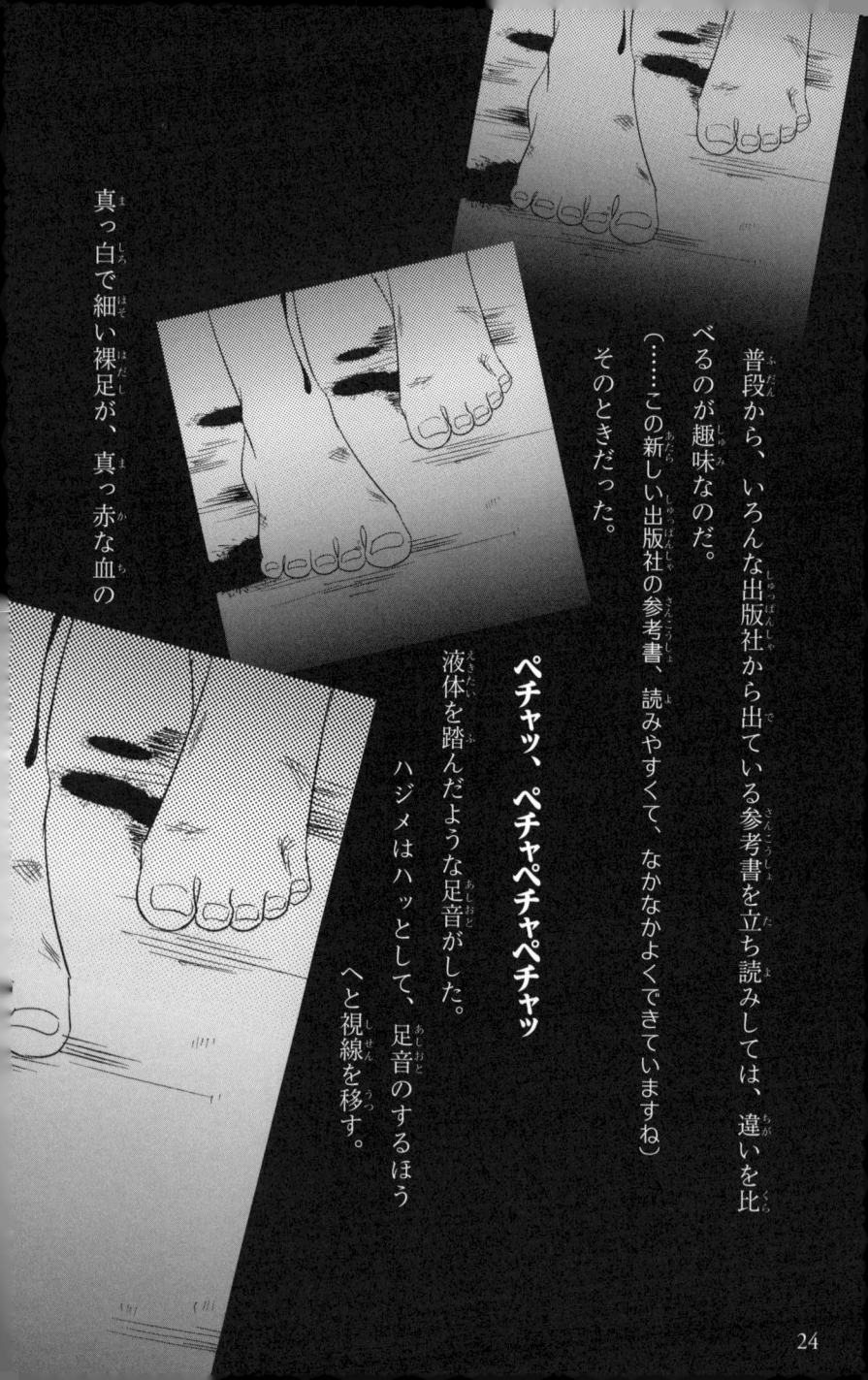

普段から、いろんな出版社から出ている参考書を立ち読みしては、違いを比べるのが趣味なのだ。

（……この新しい出版社の参考書、読みやすくて、なかなかよくできていますね）

そのときだった。

ペチャッ、ペチャペチャペチャッ

液体を踏んだような足音がした。

ハジメはハッとして、足音のするほうへと視線を移す。

真っ白で細い裸足が、真っ赤な血の

足あとをつけてこちらに向かってきた。

「ヒッ!!!」

驚きで息が止まる。ガタガタ震えながら、ゆっくりと顔を上げると、赤いワンピースの女がすぐ目の前に立ち、こちらを見下ろしていた。

ツバの広い帽子に隠れていた目には眼球がなく、真っ黒にくぼんでいる。

シャーッ!!!

突如、女が口を大きく開け、ケモノのような声でうなった!

「バッ、バケモノッ〜!!」

ハジメは悲鳴をあげ、書店コーナーから走って逃げだす。

フロアにはデート中の若いカップルやおじさんたちがいたが、会話や買い物に夢中で、こちらの様子には気づかない。

ハジメはフロアの隅にエレベーターがあるのを見つける。
（そうだ、早く1階に降りて建物から出よう）
急いでエレベーターに乗り込み、すぐさま1階の行き先階ボタンと、ドアを閉めるボタンを押した。
ドアがゆっくりと閉まりはじめる。
「閉まるのが遅すぎますっ！」
もどかしい思いでボタンを連打する。
ゆっくり閉まるドアの隙間から、赤いワンピースの女がエレベーターを見つけて向かってくるのが見えた。

「早く早くっ!!!」
カチカチカチカチカチッ

ドアが完全に閉まり、エレベーターは1階へと降りはじめた。

ハジメは力が抜けてエレベーターの壁にもたれかかり、目をつぶって手を合わせ、祈りはじめた。

「神様！　ワタシは勉強が大好きで、学校も休まず、どんなルールも守ってきたマジメな人間です。どーか、どーかワタシをお助けください!!」

1階のショッピングセンターの出入り口から外の駐車場へと出てきたハジメは、振り返って女が追ってきていないかを確認したが、姿はもう見えなかった。

「……神様、ありがとうございます！　なんとか逃げきることができました!!」

ホッとしたのも束の間。

あの女の叫び声が、かすかに頭上から聞こえてきた。

ハジメはビクンッと体をこわばらせて見上げると、5階建てのショッピングセンターの屋上で、何か赤いものが風で揺れていた。

「……え？」

ハジメが眼鏡の両端を指でクイッと持ち上げて目をこらすと、赤いワンピース姿の人影が屋上の柵の外に立っているのが見えた。

(なぜ、あの人、あんなところに!?)

そう思った瞬間、その人影は前方へ倒れるように屋上から落ちた。

(えっ!? 飛び降りた!!!)

サラサラとした長い黒髪が一瞬ふわりと浮いたあと、服と髪をバタバタバタッとなびかせながら、まっさかさまに落下してくる。

次の瞬間、近くにあった1階の足湯コーナーの湯船へ、バサッと落ちて水しぶきがあがった。

ハジメはぼうぜんと立ちつくした。

（え、湯船の中に落ちた!? 水の中とはいえ、あの高さから落ちたら大ケガではすまないはず）

「ちょっとぉ……生きていますか？」

かぼそい声をかけながら、おそるおそる足湯コーナーに近づく。

足湯に客はいなかったが、湯気がたつ湯の中に、プカプカと赤いワンピースと赤い帽子だけが浮かんでいた。

湯船は底が見えるぐらい浅く、どこにも女の姿は見えない。

「……あれ？　消えてしまいました」

ハジメは放心したようにその場にペタンと座り込んだ……。

数日後、花森小学校に通う宮下健太は、幼なじみの青井美希と下校していた。

いつも一緒にいる友人の謎野真実は図書室で読書をしたいというので、先に2人で帰ることにしたのだ。

美希が健太に話しかける。

「ねえねえ、学校新聞の特ダネになりそうな話を聞いたんだ。塾で一緒の隣町の子が言ってたんだけど。隣町では最近、子どもをおどかして追いかけ回す不審者が出没するんだって!」

「え〜、怖いなぁ……追いかけてくるの?」

「うん。目が合うと、すばやい動きで追いかけてきたり、高いビルの上からジャンプして飛び降りたりするんだって! 真っ赤なワンピース姿で、黒髪のサラサラ

したロングヘアの、たぶん女の人だと思うんだけど」
健太は、ふと何かに思い当たる。
「**ぼく、思ったんだけどさ……それってアクロバティックサラサラじゃない？**」
美希はキョトンとしていたが、急に笑いだす。
「ヤダ、ハハハ！　なーんだ、都市伝説の話かあ。敏腕記者として名をとどろかせたわたしとしたことが、そんな作り話にひっかかるなんて、恥ずかしいわ」
「……でも、本当にアクロバティックサラサラが出たのかな？」

「じゃあわたしは塾に行くけど、マジメスギくんにお大事にと言っといてね～」
美希はそう言って帰っていった。
健太はこのあと、体調不良で学校を休んだハジメに宿題を届けに行くことにしていたのだ。
ハジメの家に向かう途中には公園があり、健太は近道するために公園の中を横切ることにした。

(マジメスギくんが学校を休むなんてめずらしい。ずっと無遅刻、無欠席だったのに)

健太はひとけのない公園を歩いているうちに、急に怖くなってきた。

(美希ちゃんは作り話って笑ってたけど、隣町に現れるアクロバティックサラサラが、もし花森町にも来てたら……)

健太は想像して、ブルブルッと少し震えた。

そのときだった。

「すみません」

背後から突然、声をかけられた。健太はビクンッとして、すぐさま振り返る。

そこには赤いトレンチコート姿で、黒くて長い髪の人が立っていた。

「ぎょえ――、出たーッ!!!」

健太は絶叫して、走りだした。

女もダッシュして、ピッタリと健太の横についてくる。

「やっぱり素早い! でも絶対に目を合わせちゃダメだ」

健太はうつむきながら必死に走る。

並んだ鉄棒の間をジグザグに走ったり、すべり台の階段の下をくぐり抜けたりして逃げた。

「ちょっと待ってください！」

赤いコートの人物は、すべり台をダダダッと一気に駆け上がると、頂上からジャンプし、スタッ！と健太の前に着地した。

健太は身のこなしの華麗さに驚き、立ち止まってしまう。

「もうダメだ。このアクロバティックな動きは、完全にアクロバティックサラサラ！　でも、目さえ合わせなければ大丈夫なはず」

健太は目をつぶったままうつむき、ブツブツとしゃべり続ける。

「驚かせて申し訳ありません！　この名札を落とされたのであります！」

「……へ??」

健太はおびえながら、ゆっくりと目を開ける。

「……アクロバティックサラサラなら、目の部分が真っ黒なはずだけど」
赤いコートの人物は眼鏡をかけていて、優しそうな目つきでこちらを見ていた……。
その人物は健太に名札を差し出して、何かに気づく。
「宮下……まさか、あなたは謎野真実さまのお友達の、宮下健太さまでありますか!?」

翌日、健太は、ある人物との極秘の待ち合わせとだけ伝えて、真実と美希を連れ出した。
3人は花森警察署の前にたどりつく。
「ここ警察署じゃん。え、健太くん、何か悪いことでもしたの!?」
美希は大きな声をあげた。
「違うよ、ぼくは何もしてないから！　あ、来た来た、尾狩刑事だ！」
警察署の中から、長い黒髪で、すらりとした長身のスーツ姿の人物がやってくる。
「健太さん、昨日は驚かせてしまって申し訳ありませんでした！」
そう言って健太に深々と頭を下げた。
健太がその人物を美希と真実に紹介する。

「こちら、刑事の尾狩トモミさん」

「け、刑事さん??」

美希は驚きの声をあげ、刑事という言葉にピシッと姿勢をただす。

「昨日、マジメスギくんの家に行く途中に声をかけられて、話したんだ。それで結局、宿題は届けられずじまいだったんだけど」

尾狩刑事は胸ポケットから警察手帳を出し、美希と真実に見せる。

「健太さんからのご説明はまだでしたか。青井美希さま、謎野真実さま、本日はご足労いただきまして誠にありがとうございます！　わたくし、刑事課に所属する尾狩トモミと申します」

尾狩刑事は丁寧におじぎした。

刑事課
警察の部署の一つで、殺人や傷害、窃盗、詐欺など刑事事件の捜査を担う。

健太たちは尾狩刑事に案内されて、警察署の中に入った。
尾狩刑事のデスクがある部屋へと向かう途中、立ち話をしていた白髪まじりの年配刑事たちが声をかけてくる。
「おい、オカルト刑事。昨日の資料１００部コピーしといてくれ」
「はい、かしこまりました！」
尾狩刑事は丁寧におじぎして、再び歩きだす。
「……若手のホープといわれたアイツも、今じゃ雑用係だ」
「残念だが、こっちに戻って来られるかはアイツ次第だよなあ」
これみよがしに話す声が聞こえてきた。
健太、美希、真実の３人は気になって、先頭を歩く尾狩刑事を見たが、聞こえていないのか、平然とした顔で歩いている。
「どうぞ、こちらへ。狭い場所で、たいへん恐縮であります！」
尾狩刑事は気まずそうに、自分のデスクがある資料室の中へと案内してくれた。

薄暗くて窓も少なく、資料の入った棚がたくさん並んでいた。

健太たちは、一角にある応接コーナーに案内される。ガムテープで補修された古くてボロボロのソファと、資料が山積みされたテーブルが置かれていた。

「……こんなとこに尾狩刑事さんはいつもいるの？　なんだか物置部屋みたいじゃない？」

美希はつぶやいた。

健太もうなずき、雑然とした部屋を見回した。

尾狩刑事は水の入ったペットボトルを健太たちに配ると、大きな地図を持ってきてテーブルに広げた。

「危機的状況で一刻の猶予もありません。失礼ながら、ただちに説明へと入らせていただきます。最近、近隣の地域で妖怪のような人物の目撃情報が相次いでいます。ここにチェックしてあるのは事件が起きた場所です」

地図には花森町や隣町など数カ所に×印がつけられている。

「これらの不可思議事件に巻き込まれているのは子どもたちばかりです。さらに、複数の子どもの行方がわからなくなっています。実は、わたくしの妹も現在、行方不明なのです」

「え……尾狩刑事さんの妹さんが行方不明??!」

健太が声をあげる。

「はい。まだ確証はありませんが、わたくしは子どもたちの失踪と多発する不可思議事件は関連していて、妹も何かに巻き込まれたとふんでおります」

尾狩刑事は年が離れた小学6年生の妹、尾狩アリスの写真を健太たちに見せた。

白いヘアバンドをしたくせ毛がチャームポイントの華奢な少女だ。

そして、行方不明になったいきさつを語り始める。

「3カ月前、アリスは出かけたまま夜になっても帰ってこず、行方不明になりました。アリスのクラスメートにも話を聞きましたが、誰も行方を知りませんでした。しかし、妖怪の目撃情報があった場所の周辺で聞き込みをすると、どうやら妹はそのうちの何カ所かを訪ねていたようなのです」

「アリスちゃんは不思議なことに興味があったんですか？」
健太は前のめりになってたずねた。
「今になって思えば、行方不明になる少し前から、急にそうした話をするようになりました。それまで妹は不可思議なものとか、全然、信じない子だったのですが」
美希は疑問に思って口を開いた。
「急に、ですか。怪談やホラー映画が好きだったとかは？」
「いいえ。むしろ、そういうものは非科学的だと言っていました」
「まるで真実くんみたいな口ぶりだね」
美希が言った。
アリスは家で本を読むのが好きなおとなしい子だったが、以来、外出が増えたという。
結局、警察では自発的な家出だと判断されたのだ。
「しかし、わたくしは納得できず、妹の行方を捜し続けました。そこで妖怪の出現情報に行き着いて、不可思議な事件ばかりを追うようになりました。初めは妹の失踪に同情していた同僚からも、いつしか愛想をつかされて敬遠されるようになりました。今ではわたくしの名前からオカルト刑事というニックネームがつき、資料室にデスクを移動され、刑事課の雑用係をやっております」

「……そんな、妹さんが行方不明になったうえに、仕事場でもそんなあつかいを受けるなんて、ひどすぎるよ」

健太は同情した。

「健太さん、優しいお心づかいありがとうございます。しかし、アリスの行方や不可思議事件を追うには、今の立場が好都合なのであります。あなたがたにお声がけしたのは、謎野真実さんのたぐいまれなる洞察力と科学知識を軸に、宮下健太さん、青井美希さんとのすばらしいチームワークで、これまでさまざまな事件を解決してきたとお聞きしたからです」

「そうですか、警察にもわたしたちの評判が届いていましたか。いやぁ、照れちゃいますねぇ」

美希はまんざらでもなさそうに笑う。

「はい、評判はかねがねうかがっておりました。なぜ子どもばかりを狙った不可思議事件が多発しているのか、同年代であるあなたがたなら、何かつきとめられると思うのです。どうか、わたくしに力を貸していただけないでしょうか！」

尾狩刑事はそう言って勢いよく頭を下げた。

カラン、カラン

その勢いで、尾狩刑事の眼鏡が床に落ちて転がっていった。

「そんな、尾狩刑事、頭を上げてください！」

健太はそう言って、落ちた眼鏡を拾う。

「眼鏡、大丈夫ですか？」

「はい。レンズはプラスチックで、フレームは形状記憶合金でできておりますので、曲がっても元の形に戻ります」

尾狩刑事に眼鏡を渡しながら、健太は美希と真実を見た。

「ぼくは子どもたちが被害にあっているのは放っておけないと思ったけど、美希ちゃんと真

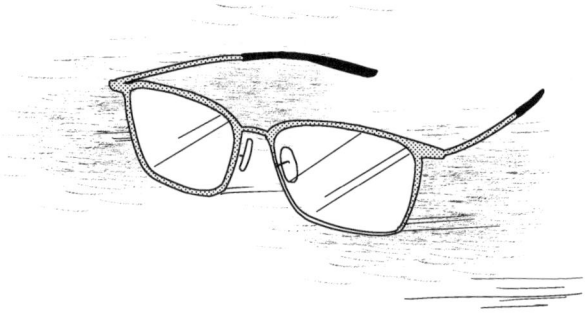

実くんはどう？」

美希はあふれてくる好奇心をおさえられない様子だ。

「わかりました。わたしの取材できたえた聞き込みで、事件の真相にせまってみせます！」

話を聞いていた真実も静かに口を開く。

「多発する事件の裏には、何かナゾが隠されていそうですね。ぼくでよろしければ、お手伝いいたします」

尾狩刑事はふたたび深々と頭を下げた。

「ありがとうございます!!」

尾狩刑事の目にはうっすらと涙がにじんでいた。

尾狩刑事は真実たちとあらためて、今後の計画を練った。

「アリスが行方不明になる何週間か前のことです。ある日、家で仕事しているとアリスが何やら都市伝説についてうれしそうに話しかけてきました。しかし、わたくしは忙しくてそれどころではなく、聞き流してしまいました。はっきりとは覚えていないのですが、たしかサラサラがどうとかと言っていたのを思い出しました」

「サラサラって、もしかしてアクロバティックサラサラのことですか？」

「はい、健太さん。おそらくそうだと思います。赤いワンピースを着ているという……。あ、初めて健太さんとお会いした日、わたくしが母の赤いコートを着ていたせいで驚かせてしまい、申し訳ありませんでした！」

尾狩刑事がまた深く頭を下げたので、健太はあわてて止めた。

「あ、最近もアクロバティックサラサラのうわさ、聞きました！　でもわたし、アクロバティックサラサラについてあまりくわしくないかも」

美希がそう言うと、尾狩刑事がメモ帳を見ながらあらためてアクロバティックサラサラについて説明する。

「福島県の市街地に神出鬼没に現れるとされる妖怪です。２００８年ごろからネット上で語られはじめました。赤いワンピース姿で、ツバの広い赤い帽子をかぶり、裸足だといいます。背がとても高く、長くサラサラした黒髪で、口が大きく、目には眼球がなく、真っ黒にへこんでいるといわれています」

健太はその姿を想像して、ゾッとした。

尾狩刑事は続ける。

「ターゲットは、子どもたちです。しつこく追いかけて、最後にはさらってしまうこともあるといわれています。またビルとビルの間をジャンプして渡ったり、ビルから落下して消えたり、身のこなしが非常にアクロバティックなことも特徴です」

「あ〜、それでアクロバティックサラサラなんだ」

美希も納得してうなずいた。

尾狩刑事の話を聞いて、不思議な話が好きな健太の血も騒ぐ。

「アクロバティックサラサラには、モデルになった人がいるって言われているんですよね!?」

「はい。真偽のほどはさだかではありませんが、かつて福島市内のビルで、女性が靴をぬいで屋上から飛び降り自殺し、着ていた白いワンピースは血で真っ赤に染まったといいます。悲しいことに女性は子どもを身ごもっていたとも、赤子を抱いていたともいわれています。そのビルには女性の幽霊が出るようになり、やがてビルも取り壊されたといわれています」

美希は驚く。

「そんな悲しい背景があったなんて……」

「福島で出没していたとされるアクロバティックサラサラが、最近、このあたりでも目撃されるようになりました。わたくしは、隣町に向かうつもりです。ぜひ、みなさんもご同行いただけませんでしょうか？」

美希と健太はたがいに顔を見合わせて、うなずいた。

「もちろん行きます!!」

美希が真っ先に大きな声で返事した。

真実も、ゆっくりとうなずく。

「興味深い謎ですね。ぼくもご一緒します」

翌日、真実、健太、美希の3人は尾狩刑事と一緒に、花森町近くの田舎町にやってきた。

この町では最近、アクロバティックサラサラの目撃情報が増えているというのだ。

尾狩刑事は、この町の交番に知り合いがいると言って話を聞きに行った。

その間に3人は、子どもたちが集まる公園に行って、小学生の何人かに話を聞いてみることにした。

美希はジャングルジムで遊んでいた小学生のグループに声をかけた。

「ちょっと、アクロバティックサラサラについて話を聞きたいんですけど、何かうわさとか聞いたことありますか？」

「え、アクロバティックサラサラについて話すの?? ぼく、ヤだよ」

ほかの子どもたちにも声をかけたが、アクロバティックサラサラという言葉を聞くと、みんな急に顔色を変えて去ってしまう。

「……なんで、みんな逃げちゃうんだろ？」

健太は不思議そうに首をかしげた。

その後、話を聞いた小学5年生の少女が理由を教えてくれた。

「みんな、あまり話したくないに決まっているよ。だって、うわさしていた子が帰り道に襲われたとかって聞いたもん。アクサラはどこにいるか、どこに現れるかわかんないんだよ。

いま話してるとこも、どっかで見てて、目をつけられちゃうかもしれないでしょ」
少女はそう言うと、そそくさと公園から去った。
「結局、有力な情報は聞けずじまいかぁ。困ったね」
美希は、そう言って頭をかいた。
黙って聞いていた真実が口を開く。
「この町では、アクロバティックサラサラは単なるうわさではなく、もはや身近な危険として認識されているんだろうね」

地元警察との話を終えた尾狩刑事が戻ってきて、真実たちに合流した。
「お待たせしました！　警察学校で同期だった友人が近くの交番に勤めていたので情報を聞き出してきました。つい先日もショッピングセンターで赤いワンピースを着た女の目撃情報があったそうです」

「え、最近も出没したんですか!?」

健太が声をあげた。

「はい。被害をうったえていた少年がいたのですが、警察は取り合わなかったそうであります。その少年の情報を入手しました。今から話を聞きに行きましょう。名前は、杉田ハジメくんといって小学6年生の男の子だそうです」

「え、マジメスギ!?」

健太と美希は同時に声をあげた。

「あれ、健太さんたちのお知り合いなのですか？」

尾狩刑事は驚いて声をあげた。

尾狩刑事に連れられて、健太たちはハジメが滞在するおばあちゃんの家に会いに行った。

ハジメはびっくりした顔で尾狩刑事と真実たちを出迎えた。

その髪は寝癖がついていて、顔色もよくない。

「刑事さんから電話があったけど、なぜ健太くんたちまでやってきたのですか!?」

おばあちゃんは買い物に出かけていたので、尾狩刑事がハジメに理由を説明して、玄関で話を聞くことになった。

ハジメは、アクロバティックサラサラを目撃したショックで寝込んでしまい、外に出るのも怖くなって、おばあちゃんの家に引きこもっていたのだ。

「こないだ、杉田くんの家に宿題を届けに行こうと思ったんだけど、ずっとおばあちゃんのところで休んでいたんだね。そんな怖い目にあってたなら、ぼくたちに相談してくれればよかったのに」

健太はハジメに同情して言葉をかけた。

「あんまりアクロバティックサラサラのことをベラベラしゃべったら、呪われたり、連れ去られたりするかもしれないじゃないですか……。それでも警察には相談しました

が……まともに相手にされませんでした」

ハジメはそう言って、今にも泣きだしそうだ。

尾狩刑事は、すまなさそうな顔をした。

「申し訳ありません。しかし、わたくしは、杉田さんのお話をちゃんと聞きたいと思って、本日うかがいました」

「もう怖がらなくていいよ。安心して。ぼくたちが来たからさ」

健太は優しく語りかけたが、ハジメはうかない顔をしている。

「……謎野くんが優秀なのは、ワタシも認めるところですが、謎野くんが見破れるのはトリックのある、ニセモノの妖怪だけですよね？　ワタシが見たアクロバティックサラサラは、裸足で歩くたびにペタペタと血の足あとがついたり、建

物の屋上から飛び降りて消えたりしたんですよ。そんなこと、本物の妖怪しかできるはずないじゃありませんか！」

「**歩くたびに血の足あとがついたの??**」

健太は、想像して背筋が冷たくなった。

尾狩刑事は話を聞きながら、手帳に熱心にメモをとっている。

美希はポツリと言う。

「ほんとに？　もし血がついた足で歩き回ったら、店中に足あとがついて、大騒ぎになりそうだけど」

「でも本当なんです!!　ワタシはウソなんかついてません！　それにショッピングセンターの屋上から、アクロバティックサラサラが飛び降りたところも見ました！」

「そんな高いところから落ちたら、死んじゃうんじゃない？」

「青井さん、でも足湯コーナーの湯船に落ちて姿を消したので、死んではいないと思います！　湯船には赤いワンピースと帽子しか落ちていませんでした」

「ぼくも、アクロバティックサラサラはビルから飛び降りて、地面寸前で消えるって、都市伝説で聞いたことあるけど、ほんとに消えたんだ！」

健太は興奮して語った。

「でも地面寸前ではなく、杉田くんが見たのは足湯に落ちて消えたんでしょ？　なんか変じゃない？」

「青井さんはワタシの言うことを疑っているんでしょう。それなら、もうワタシは何も話しません！」

ハジメは顔を真っ赤にして怒ってしまった。

「……ごめんごめん、信じてないわけじゃないんだけどさ。あまりにも現実的じゃない話だからさぁ」

美希は申し訳なさそうに謝った。

健太は、ハジメに優しいまなざしで声をかける。

「杉田くんが怖い思いをしたのは間違いないよ。めちゃくちゃ怖かったよね……。いくら妖怪でも、こんなに杉田くんを怖がらせて、心を傷つけたのは本当にひどいと思う!!」

「……宮下くん」

ハジメは、健太の思いやりのある言葉に目をうるませる。
ようやく落ち着きを取り戻したハジメは調査に協力してくれることになった。真実はたずねる。
「杉田くん、ほかに、何か気になった点はなかったかな？」
「……あ、そういえば、足湯の中に、赤いワンピースや帽子が落ちていたのですが、お湯の一部が黒くにごっていましたね」

「……お湯が黒く」

真実はポツリとつぶやいて、じっと考え込んだ。

真実、健太、美希の3人は、尾狩刑事に同行して、ハジメがアクロバティックサラサラを目撃したショッピングセンターへと向かった。
現場で直接、ハジメから話を聞きたかったが、まだ怖いというので参加しなかった。

尾狩刑事と健太たちは、ショッピングセンターの監視室に行った。
たくさんのモニターが並び、さまざまな売り場の様子が映し出されている。
尾狩刑事が頼むと、係の人が当日の監視カメラ映像を見せてくれることになった。
「あまり、変なうわさを立てないんでほしいんですけどねぇ」
係の人は気乗りしない様子で、ぶつぶつ言いながら操作する。
書店の売り場を見渡せるカメラ映像には、ひとけの少ない店内で、赤いワンピースの人物から逃げるハジメの姿が映っていた。
「あ、マジメスギくんだ！　すごい、アクロバティックサラサラが映っている」
健太が興奮して声をあげた。
ハジメが参考書コーナーから逃げだし、赤いワンピースの人物も続いて書店を出ていく。
「これが世界初のアクロバティックサラサラをとらえた映像なら……動画サイトにあげれば、再生回数めちゃくちゃかせげそう！」
美希はそう言ってワクワクしながら映像を見ていたが、何かに気づいて画面を指さす。

「あ、店員さんが掃除してるところに、血の足あとがついてる!!」
エプロン姿の書店員が、床についたいくつかの足あとをモップでふきとっている。
健太が声をあげる。

「やっぱりマジメスギくんが言ったことは全部本当だったんだ！」

「恐縮ですが、次は屋外のカメラをお願いします！　赤い服の人物が屋上から飛び降りたところが映っている映像を見たいのです」
「……映ってるかわかんないけど、屋外だと、足湯コーナーのカメラかなぁ」
尾狩刑事に言われて、係の人はしぶしぶ映像を切り替える。
モニターには、足湯コーナーをとらえたカメラの映像が映しだされる。
上から赤い物体が落ちてきて、湯船から水しぶきがあがる様子が映っていた。
「何か落ちてきた!!　でも、速すぎてよく見えないね」
目を細めてモニターを見ていた健太が言った。
係の人は、面倒くさそうにコマ送りで再生する。

カメラの位置が遠くて、アクロバティックサラサラが小さくしか映っていない。赤いワンピースを着たアクロバティックサラサラが落ちていったことはわかったが、顔までは見えなかった。

真実が尾狩刑事にたずねる。

「今からこの足湯コーナーを実際に見たいのですが、よろしいですか?」

尾狩刑事と真実たちはショッピングセンターを出て、駐車場に向かった。

健太は、ショッピングセンターの屋上を見上げて言う。

「……あんな高いところから飛び降りて姿を消すなんて人間には無理だよ。やっぱり、マジメスギくんが言うように本物の妖怪なんだよ」

「あ、バンジージャンプみたいにゴムをつけて飛び降りたとか? でも、それじゃビョーンと元に戻っちゃうか。しかも、消えたというのが謎だもんねぇ」

美希はそう言って、考え込んでしまう。

一行は、アクロバティックサラサラが落ちたという足湯コーナーに着いた。

「足湯コーナーいいなぁ、ちょっとつかろうかな」
「ずるいよ、ぼくも入りたい！」
美希と健太が目的を忘れてはしゃいでいる間に、真実は足湯コーナーを歩き回ってくまなく見ている。
尾狩刑事は真実について歩く。真実が何に注目しているのか、じっと真剣に様子をうかがっている。
「当日、この湯船の中には、赤い服と帽子以外に何か落ちていなかったでしょうか？」
真実は隣の尾狩刑事にたずねた。
「えっと……落とし物として保管されていたのは、湯船に浮かんでいた、赤いワンピースと帽子のみです。わたくしが調べてみたところ、そのワンピースと帽子は、全国展開する衣料品店で販売されていたもので、すでに全国で2千枚以上売れたものでした。あ、あと、湯船の底に、くしゃくしゃに丸まった針金が落ちていたということでした」
足湯に夢中だった健太と美希も、真実のそばにやってきた。

「……湯船の底に、くしゃくしゃに丸まった針金ですか？」

真実はポツリとつぶやいた。

「わたくしも見ましたが、長い針金がくしゃくしゃになって直径40センチほどの球の形に丸まったものでした。工事をする人が落としたのでしょうか？　こちらも落とし物として保管されていますが、持ち主はまだ現れていないそうです」

健太は、真実の表情が変わるのを感じた。

真実は尾狩刑事にたずねる。

「尾狩刑事、その針金をここに持ってくることはできますか？」

「はい、落とし物係にかけあってきます！」

「それを使って、足湯コーナーの湯船で試したいことがあります」

「真実くん、なぜ落とし物の針金なんかが気になるの？」

「健太くん、科学で解けないナゾはない。

おそらく、アクロバティックサラサラが消えた理由はその針金に隠されているはずだ」

真実は針金を使って、足湯コーナーでいったい何をするのだろうか？

解決編
かい
けつ
へん

足湯コーナーで、真実は落とし物係から借りたくしゃくしゃに丸まった針金を手にしていた。

健太、美希、尾狩刑事は真実が何をするのか興味深く見守っている。

健太はくしゃくしゃに丸まった針金を見てつぶやく。

「不思議な形だね。なんだろ？」

美希が口を開く。

「なんかのインテリアのオブジェにも見えるね」

「これは、オブジェではないよ。ぼくが思うに、おそらくあの素材だね」

真実は針金をつかんで広げると、頭、手、足と、身長１７０センチほどの人形をつくっていく。

「あ、平べったい人の形になった！」

美希が声をあげた。

「そして、これをお湯につけるとどうなるか」

そう言って真実は、人形の針金を足湯まで運んで、ジャボンと湯船に投げ入れた。

「え、お湯につけただけで、くしゃくしゃに丸まって、元の形に戻った！」

健太が驚いて声をあげた。

「今回のトリックは、この形状記憶合金を使ったトリックだよ。形状記憶合金というのは、一度、形を記憶させれば、そのあと変形させても、温めると元の形に戻る性質を持っているんだよ」

形状記憶合金のトリック

形を記憶させた形状記憶合金

1 手でひっぱって変形させる

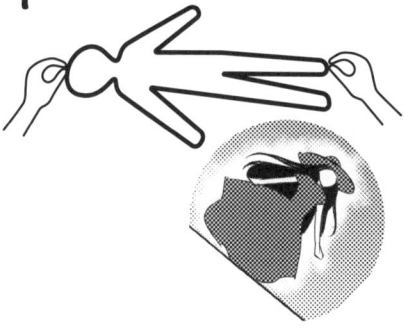

2 お湯につけると元の形に戻る

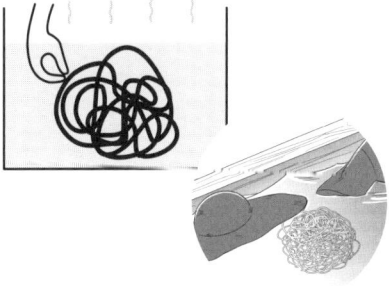

メモをとりながら聞いていた尾狩刑事は、興奮して口を開く。

「なるほど！　屋上から落ちたのは人ではなくて、赤いワンピースと帽子、黒髪のカツラをかぶせた人形だったということですね!!　形状記憶合金が足湯の中で元の形に戻ったために、まるでアクロバティックサラサラが消えたかのように見えた。あ、でもカツラが見つかっていませんね」

「尾狩刑事、そのとおりです。人形にかぶせたカツラは水に溶ける素材でできたものだと思います」

「へえ、そんな素材があるんだ!?」

「うん、健太くん。水溶性の素材、ポリビニルアルコールだと思う。合成樹脂の一種で、水に溶ける性質を生かして、ジェル状の洗剤を包むのにも使用されているよ。カツラを消さなければならなかったのは、もしカツラが落ちていたら、本物のアクロバティックサラサラが消えたのではなく、人形を使ったトリックだったとバレてしまうからね。ぼくは杉田くんから湯船のお湯の一部が黒くなっていたと聞いてピンときたんだ」

健太がもう一つの怪奇現象を思い出す。

「そうだ、アクロバティックサラサラが歩くたびに血の足あとがついたのも、何かトリックがあるの？」

「あれも化学反応を利用したのさ。ドラマや映画の手術シーンの撮影にも応用されている方法で、とある二つの物質を混ぜると血のような赤黒い色になるんだ。それはチオシアン酸カリウム※と塩化第二鉄さ。アクロバティックサラサラを演じた人物は、透明のチオシアン酸カリウムの水溶液を、床の一部にあらかじめ塗っておいた。そこに塩化第二鉄の水溶液を塗った足で歩くと、その二つが混ざって、まるで血の足あとができたように見えたんだ」

血の足あと

1 チオシアン酸カリウムの水溶液を床に塗っておく

2 塩化第二鉄の水溶液を足の裏に塗る

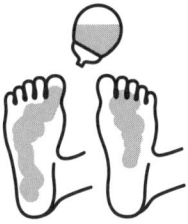

3 チオシアン酸カリウムを塗っておいた場所を歩くとその部分が赤くなる

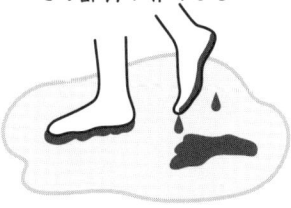

※チオシアン酸カリウムや塩化第二鉄の取り扱いには注意が必要です。みんなは触らないでね。

真実は一つひとつ、確認するように振り返った。

「まずアクロバティックサラサラに扮した人物Aが田んぼの農道を歩き、電車の窓ぎわに立つ杉田くんに目撃させた。そして同じアクロバティックサラサラの扮装をした人物Bが駅の改札で待ちぶせする。そして、杉田くんをショッピングセンターまで追い回して、エレベーターで1階に行かせた。それは足湯の近くに誘導したかったからだ。杉田くんが着いたら、屋上にいた人物Cが人形を足湯の湯船に落下させて驚かせた……」

「この事件は、少なくとも3人による犯行ということですね？」

メモをとっていた尾狩刑事がたずねると、真実はコクリとうなずく。

「はい。そして赤い足あとは、3人のうちの誰かが書店員のふりをして、ふきとったんでしょうね」

「なんで、そんなことまでして子どもを驚かすんだろ、ひどいよ！」

健太はいきどおりを感じて声をあげた。

美希もうなずいて同意する。

「めちゃくちゃ悪質なイタズラだよね」

アクロバティックサラサラを演じた3人組の動き

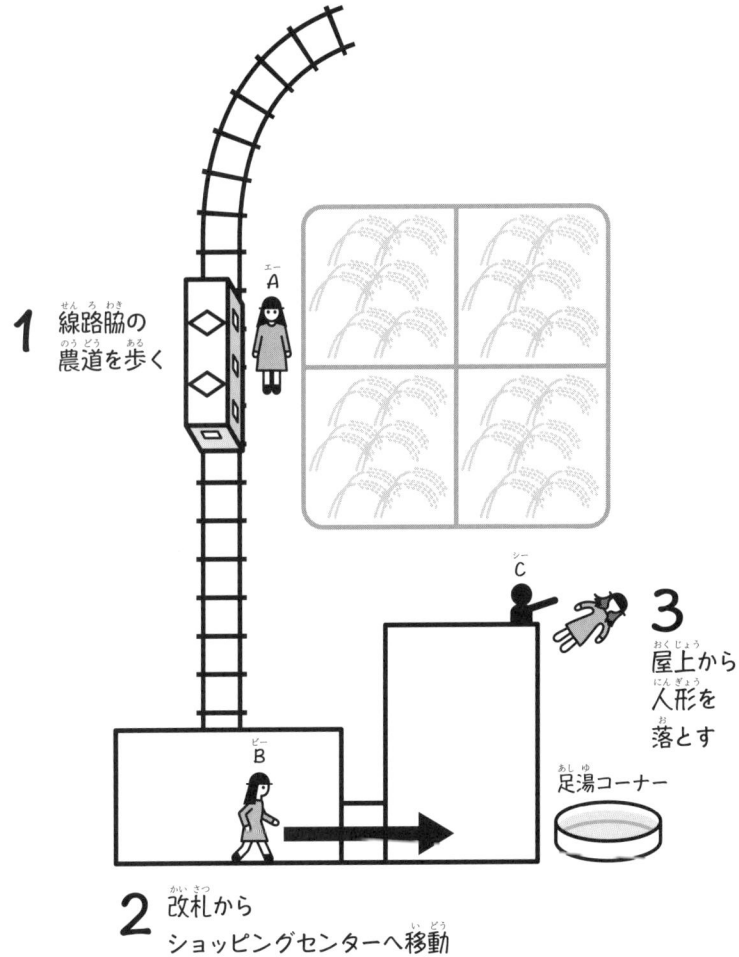

じっと考えていた真実が、ポツリとひとりごとをもらす。

「でも、イタズラにしては手がこみすぎてる……」

翌日、健太、美希、真実の3人は尾狩刑事に呼び出されて警察署近くの喫茶店「ポエム」に集まった。

白髪でひげを生やしたおじさんと、優しそうなおばさんがやっている昔ながらのレトロな喫茶店だ。

「トモミちゃん、奥の席どうぞ」

おばさんは笑顔で、常連の尾狩刑事のために奥の席を案内してくれた。

健太はクリームソーダを夢中で飲みながら尾狩刑事の話に耳をかたむけた。

「犯人を特定すべく、過去のショッピングセンターの監視カメラ映像を見直していて、驚くべき事実を発見しました」

尾狩刑事は監視カメラ映像をプリントアウトしたものをテーブルに差し出した。

ショッピングセンターを歩く、肩ぐらいの長さのくせ毛の少女が映っていた。

「もしかして、これって？」

健太は尾狩刑事を見た。

「はい、妹のアリスです。杉田さんの事件が起きた3カ月前にも、アクロバティックサラサラがこの店で子どもをおどかして追いかけていたことが判明しました」

「え、3カ月前にも同じ場所に出没していたんですか!?」

「はい、健太さん。大きな騒ぎにはならなかったのですが、その際にアリスは店内にいたのであります。それも、アクロバティックサラサラが現れる1時間前に」

「1時間前!?　それじゃ、まるでアリスちゃんがアクロバティックサラサラが出現することをあらかじめ知ってたみたいじゃないですか」

美希は驚いた表情で尾狩刑事を見た。

尾狩刑事はうなずいて、別の写真をテーブルに差し出した。

「3カ月前のこのときも、アクロバティックサラサラに扮した人物が、ターゲットの子どもを追いかけていました。そのときに、その様子を遠くから眺めているアリスの姿が映っていました」

監視カメラ映像を拡大して、プリントアウトした写真には、柱の陰からのぞいているアリスの姿が写っていた。

想像もしていなかった事実が明かされて、健太は混乱して頭がボーッとしてきた。

美希が尾狩刑事にたずねる。

「……あの、アリスちゃんが何か事件に関係があるとか、犯人たちのグループに関わっている可能性があるということですか?」

尾狩刑事は苦しげな表情で答える。

「けっして、そうは思いたくはないですが……妹がほかの人が知り得ない情報を持って、行動していたのはたしかですね……。わたくしが着目しているのは、妹が手にしているこの本です」

拡大されてぼやけた写真に、謎の本を抱えて歩くアリスの姿が写っている。

「**監視カメラに映っている妹は、常に大事そうに赤い表紙の本を抱えています。**

いったい、なんの本なのか見当がつきません」

健太はハッとして何かに思い当たる。

「**もしかして、この赤い表紙の本って、予言が書かれているんじゃないかな**」

「……予言、でありますか??」

尾狩刑事は健太にたずねた。

怪談や都市伝説が好きな健太

が、最近、一部で話題になっている『予言の書』について説明した。

「いつの時代に書かれたかわからないけど、古い予言書があってね。そこには、これから起きる事件や災害などが、日付まで全部予言されているんだって」

尾狩刑事は、健太の話に耳をかたむけながら熱心にメモをとる。

「その予言書が不思議なのは、ある日、突然、子ども部屋の机に置いてあるんだ。そのページを開いて中身を見た子は消えちゃうというわさだよ。その予言の書の表紙が、真っ赤なんだ……」

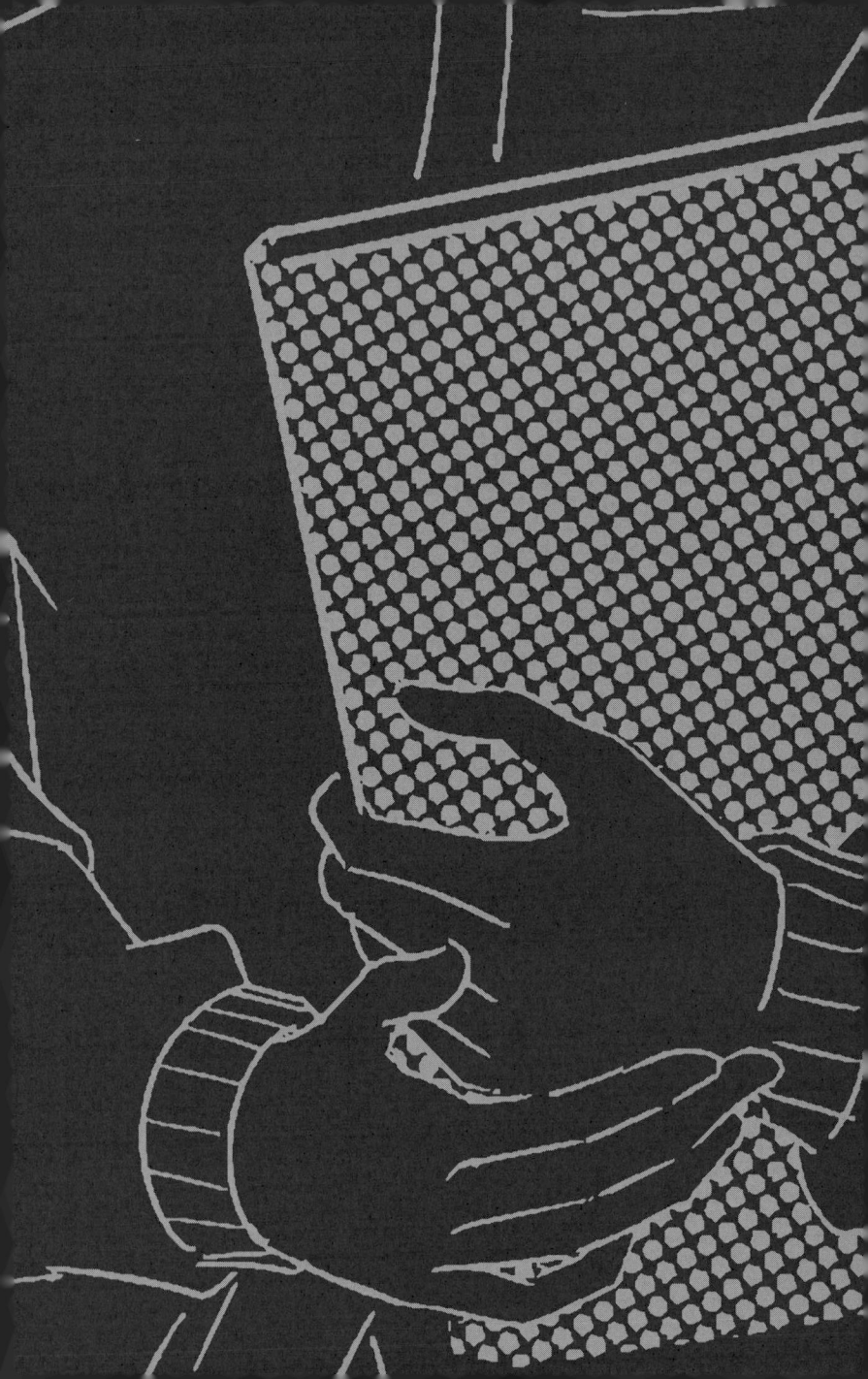

健太の話を聞いた尾狩刑事、美希、真実たちは、
あらためて写真に写る本をじっと見つめた。

ぼやけた画像の中の赤い本は、
とてつもなく不気味なものに見えてくるのだった……。

SCIENCE TRICK DATA FILE

科学トリックデータファイル

形を覚える金属？

金属は強くたたいたり、引っ張ったりすると形が変わりますが、変形した後にある温度以上に温めると、元の形に戻る性質を持つものがあります。それを「形状記憶合金」と呼びます。

最も代表的なものはチタンとニッケルを混ぜ合わせた金属で、形が戻る温度は、チタンとニッケルの割合や熱処

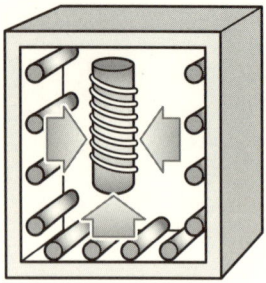

形を記憶させる方法

①高温で加熱する

覚えさせたい形に固定したまま、450℃ぐらいの電気炉に入れて熱する

理の温度などによって、だいたいマイナス30℃から100℃の間で変えることができます。

形が戻るという性質を生かし、形状記憶合金は眼鏡のフレームや手術の器具に使われているほか、温度の変化によって形が変わるので、お湯の温度を調整する水栓や、宇宙ロケットの燃料タンクなどを切り離す部品にも使われています。

②冷やす

電気炉から取り出して、すぐに水につけて冷やす

禁断の言葉

終末の大予言［前編］2

むらさきかがみの呪い

「尾狩刑事、大丈夫かな？」
健太は真実とともに学校から帰るところだった。
先日起きたアクロバティックサラサラの騒動のとき、3カ月前の同じ事件の現場に妹のアリスの姿があったことを知り、尾狩刑事はショックを受けていたのだ。
「どうしてアリスちゃんがあそこにいたのかな？」
「アリスさんが持っていた赤い表紙の本が、健太くんが言ったように予言の書だとすれば、彼女はアクロバティックサラサラの騒動が起きることを知っていたのかもしれないね」
「アリスちゃんが行方不明になったのは、やっぱりあの本のせいなのかな？」
健太はアリスのことを心配する。
尾狩刑事は引き続き、アリスの行方を必死に捜しているらしい。
「何か手がかりが見つかればいいけど」
そのとき、美希が走ってきた。
「ねえ、これを見て！」

「どうしたの？」
美希は2人にスマホを見せた。
「美希ちゃん、学校では緊急のとき以外、スマホを使っちゃダメだったでしょ？」
「健太くん、今がその緊急のときだよ！　わたし、尾狩刑事に連絡先を教えてたの。そうしたらさっきメールがきて」
「もしかしてアリスちゃんが見つかったの？」
健太がたずねると、美希は首を横に振った。
「そうじゃない。だけどまた別の不可思議事件が発生したらしいの！」
「えええ??」
驚く健太の横で、真実はスマホの画面を見る。
《禁断の言葉によって、呪われた人が出ました》
「禁断の言葉……」

「何それ……？」
健太はメッセージを見て、思わずゾッとする。
3人はさっそく尾狩刑事と会うことにした。

●

「予想はしていましたが、こんなに早くまた不可思議事件に遭遇するとは思っていませんでした」
喫茶「ポエム」。尾狩刑事は、テーブルの対面の席に座っている真実たちにそう言った。
彼女はアリスのことを調べていたとき、また別の隣町で、不可思議な事件が起きたといううわさを聞いたらしい。
「それが、禁断の言葉の呪いだったのです」
尾狩刑事によると、禁断の言葉を知った小学生が呪われてしまったという。
「どんなふうに呪われたの？」

美希がたずねると、尾狩刑事は答えた。

「小学6年生の三上彩さんという女の子から話を聞きました。彼女のクラスメートがその言葉を聞いて、実際に体調が悪くなったというのであります」

「そんな」

健太はそれを聞き、動揺する。

「真実くん、呪いの言葉なんてほんとにあるのかな?」

「今の話だけではわからないね」

真実がそう言うと、尾狩刑事が話を続けた。

「真実さんにくわしい話を聞いてもらったほうがいいと思って、彼女をここに呼びました」

「彼女って、呪われた言葉を知ってる三上さん?」

美希の言葉に、尾狩刑事は小さくうなずいた。

「彼女たちの町のことは、以前アリスも何度か話していました。

あの町には呪いがあると言っていて。そのときは冗談だと思っていたのですが……」

「アリスさんは、アクロバティックサラサラのときと同じように、その町で不可思議事件を調べていたのかもしれない」
「ええ、真実さん、その可能性はあります」
尾狩刑事は、険しい表情でまた小さくうなずいた。
そのとき、真実たちのそばにこの店の夫婦がやってきた。
「アリスちゃんのこと、本当に心配だねえ」
白いひげを生やしたマスターが言う。
「わたしたちも、何か知っている人がいないかお客さんに聞いてみるわね」
マスターの隣にいる女性が、優しい表情で尾狩刑事にそう言った。
「お2人とも、ありがとうございます」
尾狩刑事は、真実たちにマスターたちを紹介した。
「こちらはこのお店をご夫婦で営んでいる金森さんです。わたくしがアリスを捜している

とき、お2人が声をかけてくれたのです」
「雨が降っているのに、トモミちゃん、傘もささずに聞き込みをしていたからねえ」
「パパもわたしも、このままじゃ風邪をひいちゃうって思ったのよ」
2人は自分たちが営む喫茶店に尾狩刑事を連れて行き、温かいコーヒーをふるまったのだという。
「それから、わたくしはこのお店によく来るようになったのであります」
「そうだったんだね」
優しい人がいてよかった。健太は金森夫婦とほほえみながら話をする尾狩刑事を見て少しだけホッとした。
やがて、金森夫婦がカウンターに戻ると、喫茶店のドアが開き、ひとりの女の子が入ってきた。
尾狩刑事が声をかける。不可思議事件のことを知る三上彩だ。

「彩さん、こちらが先日お話しした科学探偵として有名な謎野真実さんです。不可思議事件の内容を、彼らにも話してくれませんか？」

尾狩刑事は彩を真実たちに紹介する。

「だけど、この人たちに禁断の言葉を言っても大丈夫なんですか？」

彩は不安そうに言う。禁断の言葉を聞くと呪われてしまうとおびえてい

るのだ。
すると、真実が口を開いた。
「心配しなくていい。呪いがほんとにあるかどうかを調べるためにも、すべてを話してほしい」
真実は彩をじっと見つめながら言う。その横で、健太も美希もうなずいていた。
呪いは恐ろしいが、不可思議事件の話を聞くためにここに来たのだ。
彩はそんな真実たちの覚悟を知り、イスに座ると、すべてを話すことにした。
「あれは3カ月ほど前のことです。わたしとクラスメートの長谷川圭一郎くんは、隣のクラスの矢部伸樹くんの家に呼ばれました」
その伸樹の家で、圭一郎は呪われることになってしまったのだ――。

放課後、彩と圭一郎は伸樹の家へとやってきた。
「へえ、伸樹くんの部屋って、けっこう広いんだね」
彩が言う。2人とも伸樹とは5年生のとき同じクラスで、そのときはよくしゃべっていた。しかし6年生になって、あまり交流はしなくなっていた。
時刻は午後4時。伸樹の親はまだ仕事から帰ってきておらず、家には伸樹たち3人しかいなかった。
「お、いいね、このロボット！」
圭一郎は棚に飾られたプラモデルにふと手を触れる。
「あ、圭一郎くん、あんまりさわらないで」
「べつにいいだろ。伸樹、またプラモデル増えたんだな」
「また？　圭一郎くんは伸樹くんの家に来たことあったの？」
彩がたずねると、圭一郎は「ああ」と答えた。
「5年生のとき、何回も来たことあるよ。プラモデルでよく遊んだよなあ」

圭一郎は、2体のプラモデルをガチャガチャとぶつけて戦わせながら笑った。

「だからさわらないでってば！」

突然、伸樹が怒鳴った。

おとなしい性格の伸樹が大声を出し、圭一郎たちは驚く。

「なんだよ。怒ることないだろ」

圭一郎はブツブツ言いながら、プラモデルを元の場所に置いた。

「ええっと、それで伸樹くん、話ってなんなの？」

彩は雰囲気を戻そうと、伸樹に話しかける。

伸樹は「学校が終わったら話したいことがある」と言って2人を家に誘ったのだ。

「それはね」

伸樹はチラリと時計を見る。そして時間を確認すると、また視線を彩たちに戻した。

「圭一郎くんも彩ちゃんも、都市伝説とか怖い話が好きだよね？」

「うん。わたしそういう話、好きだよ」

「ぼくもかなり興味あるけど」

「ぼく、この前、ある都市伝説を知ったんだ。それで教えてあげようと思って」

伸樹は真剣な表情になると、2人にヌッと顔を近づけた。

「――禁断の言葉って知ってる？
その言葉を20歳まで覚えていたら、
呪われて死んじゃうんだって」

「ええ??　何それ？　わたし、怖い話は好きだけどそんなの知りたくない」

「やっぱりそっか。そうだよね。『むらさきかがみ』って言葉を知っちゃったら呪われるもんねえ」

「あっ！」

彩は声をあげた。

「え、ああ！」

伸樹も驚く。禁断の言葉を言ってしまったのだ。

「伸樹くん、なんで言っちゃうの。わたしたち、20歳になったら呪われて死んじゃうじゃない」

「むらさきかがみって言葉を忘れればいいんだよ」

「だから言うのやめて！　そんなの忘れられるわけないよ！」

彩はあせる。伸樹はそんな彩に「そうだ！」と言った。

「呪いを解く方法があるよ！」

「えっ、そうなの？」

「ぼくもこの前むらさきかがみって言葉を聞いて、呪われちゃうと思ったんだ。だけど知り合いのお兄さんにそのことを話したら、呪いを解く儀式があるって教えてくれて」

そのお兄さんも、かつてむらさきかがみという言葉を知ってしまったのだという。

だが、儀式を行ったことにより、20歳をすぎた今でも元気にしているらしい。
「ぼくも1週間ぐらい前に儀式をやったよ。だから、たぶんもう呪われていないはず」
「そうなんだ。それならわたしもやりたい！　圭一郎くんも呪われるの、イヤだよね？」
「えっ、ぼく？　そりゃあ呪われるのはイヤだけど。儀式とかそういうのはあんまり信じられないなあ」
圭一郎は都市伝説に興味はあったが、本気で信じているわけではないようだった。
すると、伸樹が圭一郎にあわてて話しかけた。
「ほんとに儀式しなくてもいいの？　呪われたら最後、絶対に死んじゃうんだよ?!」
「そ、それは……」
圭一郎はその言葉に思わずたじろぐ。
「絶対やったほうがいいよ！　儀式をやらなきゃ、ほんとに呪われちゃうよ！」
「だからそれは……、まあ、儀式をして助かるなら、やってもいいけど」
それを聞き、伸樹はなぜかホッとしたような顔をした。
「どうしたんだ？」

「え、いや、儀式をやるって言ってくれてうれしくて。じゃあさっそく道具を用意するね！」
伸樹はそう言うと、部屋を出ていった。

「さあ、始めるよ」
しばらくして伸樹が部屋に戻ってきた。
手にはバケツを持っている。
彩と圭一郎がバケツの中をのぞくと、むらさき色の水が入っていた。
「これは水にむらさき色の絵の具を混ぜたものだよ。むらさきかがみの呪いを解くにはむらさき色の水が必要なんだ」
伸樹は、バケツをテーブルの上に置きながら儀式の説明をする。
「儀式は、このむらさき色の水に自分の顔を鏡のように映しながら、『みがかきさらむ』という呪文を5回唱えるんだ」
「みがかきさらむって、なんなんだ？」
「『むらさきかがみ』を反対から言った言葉だよ。反対から言うことによって呪いが解けるらしいんだ」

伸樹は、部屋のドアへと向かうと、廊下に置いていたお盆を持ってきた。

お盆の上には、水が入ったコップが五つ置いてある。

「この水は『聖水』の代わりだよ。この水を、呪文を唱えるたびに1杯ずつむらさき色の水に勢いよく加えていくんだ」

「それが儀式ってこと？」

彩がたずねると、伸樹は「うん」と答えた。

「ほんとに呪いが解けるのか？」

「知り合いのお兄さんが20歳をすぎても元気なんだから間違いないよ」

聖水
宗教的な儀式に使われる特別な水や、神聖な土地から湧き出る水。罪やけがれを取り払い、清めるなどの意味を持つ。

彩と圭一郎はバケツとコップをじっと見つめる。
「やるしかないよな……」
「う、うん」
呪われるのはイヤだ。彩はそう思う。圭一郎も同じようだ。
伸樹はそんな2人を見てうなずくと、話を続けた。
「じゃあ、まずは彩ちゃんから」
伸樹は、五つのコップが置かれたお盆を彩の前に置く。
「呪文を唱えながら、聖水をバケツの中の水に加えていけばいいんだよね？」
「うん、水を加えるときは勢いよく入れるんだよ」
彩は「わかった」と言うと、バケツの中のむらさき色の水に自分の顔を映し、ゴクリとつばをのみこむと、ゆっくりと呪文を唱えはじめた。
「みがかきさらむ……、みがかきさらむ……、みがかきさらむ……」
呪文を唱えながら、コップの水をバケツの中に勢いよく加えていく。
伸樹と圭一郎は彩のうしろに座って、儀式を見守った。

やがて、彩は呪文を5回言い終わった。お盆の上に置かれた五つのコップもすべて空になっている。

「これで呪いは解けたの？」

「うん、もう呪われてないはずだよ」

笑顔で答える伸樹を見て、彩はホッとする。

「次は圭一郎くんだよ。新しい聖水を用意するね。待ってて」

伸樹はそう言うと、コップが置かれたお盆とバケツを持って部屋を出ていった。

そして、すぐに戻ってきた。

お盆の上には、先ほどと同じように水の入ったコップが五つ置かれている。バケツの中のむらさき色の水も少なくなっていた。

「これを使って」

「うん、ありがとう」

圭一郎は慎重にお盆を手に取ると、バケツの前に座った。

「よし、やるよ……」

彩と伸樹は圭一郎のうしろに座り、うなずく。
圭一郎は呪文を唱えながら、聖水をバケツの中に勢いよく加えていった。

みがかきさらむ……

むらさき色の水の中に、コップの水が勢いよく加えられていく。

「みがかきさらむ……、
みがかきさらむ……」

彩は伸樹とともに緊張しながらうしろで見守る。

「みがかきさらむ……」

圭一郎は5回目の呪文を唱え、コップの中の水をすべて

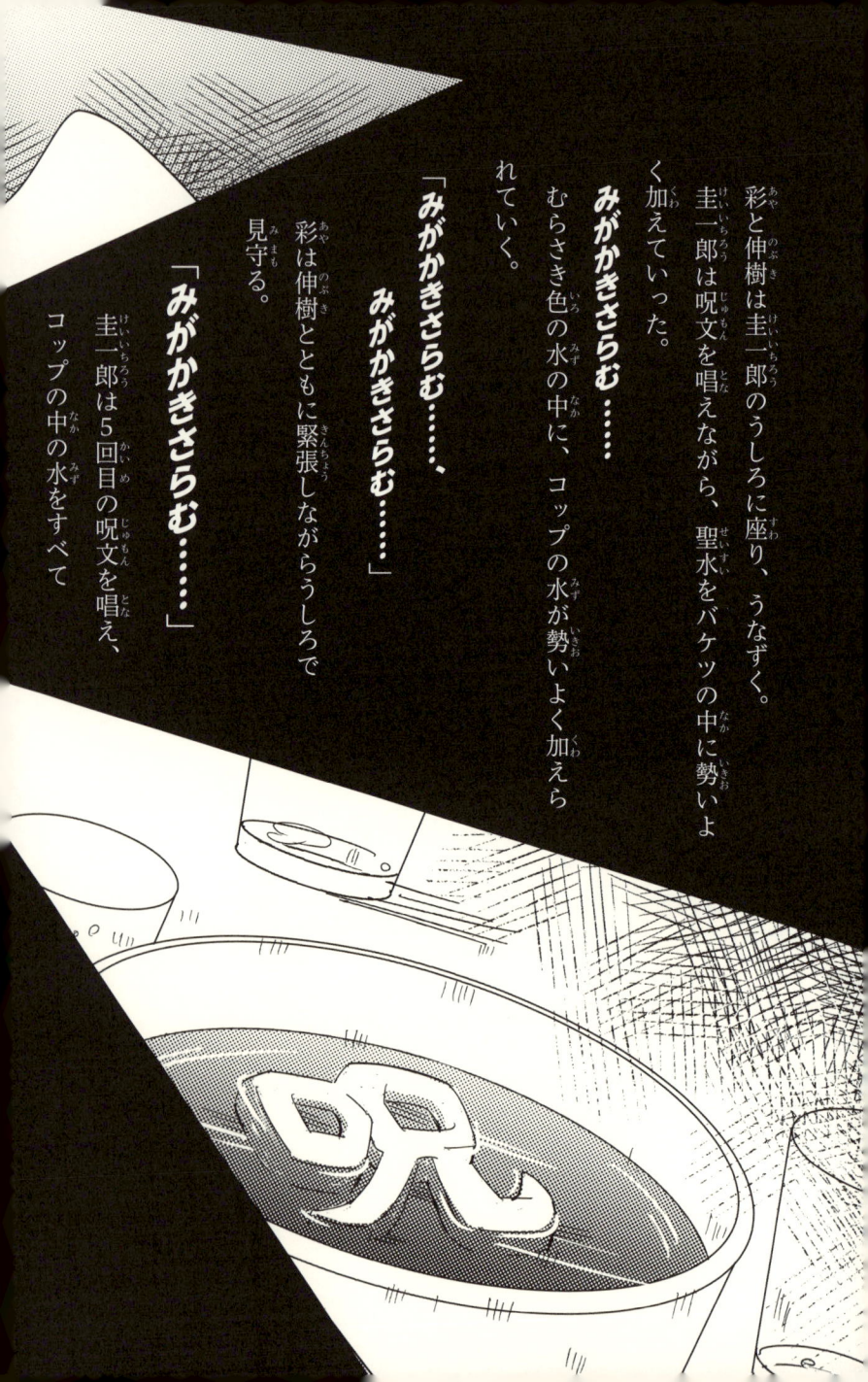

バケツの中に入れた。
「これでぼくも大丈夫なんだよな」
無事、儀式を終えて、圭一郎は胸をなでおろす。
彩も呪われずにすむと思い、笑顔になった。
次の瞬間――、
圭一郎はバケツの中を見てハッとした。

「うわあああ！」

「どうしたの??」
彩はあわててバケツの中を見る。

『呪』

真っ白な『呪』という文字が、むらさき色の水に浮かび上がっていた。

「なんなの、この『呪』って文字は??」

「文字だって？　2人とも下がって！」
伸樹はバケツを見る。彩と圭一郎はおびえながら下がると伸樹の背中を見守った。
伸樹はバケツをじっと見ている。しかしすぐに首をかしげた。
「何もないよ」
「えっ？」
圭一郎はおそるおそるバケツに近寄る。彩もおびえながらバケツの中を見た。
バケツの中には、ただむらさき色の水があるだけだ。
「そんな……ほんとに『呪』って文字があったんだ！」
「わたしも見たよ!?」
「そんなこと、ぼくがやったときは起きなかったよ。知り合いのお兄さんも、文字が出てくるなんて言ってなかった」

伸樹はバケツを手に取った。
「とにかく、この水は捨ててくるね。圭一郎くんの儀式は失敗しちゃったのかも」
伸樹はそう言うと、バケツを持って急いで部屋を出て行った。

「失敗？　どうすればいいんだよ。
ぼく、20歳になったら呪われて死んじゃうのか？　そんなのイヤだよ！」

圭一郎は泣きそうな顔で震える。
彩もそんな圭一郎を見て恐怖を感じていた。

●

「これが、わたしたちの体験した『むらさきかがみ』の話です」
真実たちは喫茶店で彩からその話を聞いていた。
「圭一郎くんのときだけ文字が現れるなんて」

美希は話を聞き、とまどう。
「しかも『呪』って。呪いが解けてないってことだよね？」
健太は完全におびえきっていた。
圭一郎は翌日から体調を崩し、学校を休むようになったのだという。
うわさはあっという間に広がり、「禁断の言葉の呪い」として学校中で話題になっているらしい。

「まさに不可思議事件ですね。だけど、わたくしたちならきっと解けるはずであります！」

尾狩刑事は拳を強く握りしめて、気合を入れた。
だがそんな彼女に、真実が冷静に言う。
「圭一郎くんが体調を崩しているのは、おそらく呪いのせいじゃありません」
「どういうことです？　だったらなぜ長谷川圭一郎さんは体調を？」
「『呪われたと思っている』せいですよ。そもそも、むらさきかがみの呪いは、その言葉を

20歳まで覚えていたら、呪われて死んでしまうというものです。もし呪いが本当だとしても、その言葉を知ったからといってすぐに命を落とすようなものじゃない」

「そう言われればそうだよねぇ」

健太がうなずく。

しかし、すぐに美希が反論した。

「だけど、彩さんも圭一郎くんも現れるはずのない『呪』って文字を見ちゃったんだよ？怖くなって当然だよ」

「問題は、なぜ呪いという文字が現れたか、のようだね。同じバケツを使って同じことをやったのに彩さんのときは何も起きなくて、圭一郎くんのときだけ文字が浮かび上がった。儀式についていちばんくわしいのは伸樹くんだ。彼に会って話を聞いてみよう」

真実はそう言うと、イスから立ち上がった。

●

翌日。真実と健太と美希は、尾狩刑事とともに、伸樹の家にやってきた。伸樹は刑事が来たことに驚いたものの、みんなを家に招き入れた。

「ぼくが呪いの言葉を言っちゃったせいだ」

真実たちを自分の部屋に招いた伸樹は、圭一郎が体調を崩してしまい、落ち込んでいるようだ。

「ご自分を責めることはありません！　あなたが状況を話してくださることで、圭一郎さんを救えるかもしれないのであります！」

尾狩刑事は伸樹に強い口調で言う。

「そうだよね。伸樹くんは悪くないよ。呪いを解こうと必死に頑張ったもん」

「うんうん。だから落ち込まなくていいと思うよ」

美希と健太も励ます。

「だけど……、そのせいで圭一郎くんは」

圭一郎だけに『呪』という文字が現れてしまった。

「儀式なんかするべきじゃなかったんだ」
伸樹はますます落ち込んだ様子をみせた。
そんな伸樹に、真実が話しかけた。
「一つお願いしてもいいかな？」
「あ、うん」
「きみは、むらさきかがみの呪いを解く儀式を、知り合いのお兄さんから聞いたそうだけど、そのお兄さんに会わせてもらえるかい？」
「え、あ、ええっと」
突然、伸樹の表情がこわばる。
「ええっと、それはその、お兄さんは遠くに引っ越しちゃって」
「名前は？」
「名前？　それはええっと、公園でたまに会っただけで名前までは知らなくて」
伸樹はしどろもどろになりながら答える。
真実は、そんな伸樹をじっと見つめていた。

やがて、真実たちは伸樹との話を終え、帰ることにした。
伸樹は急に体調が悪くなったらしく、代わりに彼の母親が一同を玄関まで見送った。
「体調が悪くなったなんて、まさか伸樹くんも呪われたのかな」
健太は母親に聞こえないように小声で美希に言う。
だが、それを隣で聞いていた真実が首を小さく横に振った。
「そうじゃないと思うよ」
真実は母親のほうを見た。

「事件が起きる前、伸樹くんに何か変わったことはありませんでしたか？」

「真実くん、どういうこと？」
健太が首をかしげる。美希も尾狩刑事も意

味がよくわからないようだった。

「どんなことでもいいです。
いつもと違うことを
していませんでしたか？
たとえば普段は買わないようなものを
買ってきたとか」

「普段は買わないようなもの？　ずいぶん前のことだからあまり覚えてないけど」

だが、母親は突然、「あっ」と声をあげた。

「そういえば、事件の前の日だったかしら。あの子、授業で必要なものを買うからお金をちょうだいって言ってきたの。たしか『絵の具』と『塩』と『じゃがいも』を使うって言って。変な組み合わせだからみょうに気になったのよ」

「へー、何の授業に使うんだろう？」
それを聞き、健太は首をかしげる。

「絵の具に、塩とじゃがいも……」

一方、真実は口もとに手を当てて、何かを考えていた。

「結局、ますますナゾが深まった感じですね」
帰り道。尾狩刑事は小さな袋に入った何かを食べながら、真実たちにそう言った。
「ねえ、何を食べてるの？」
「美希さん。これは『金平糖』という砂糖で作られたお菓子です。甘い物を食べると頭の回転が速くなると言われているので、最近よく食べるようにしているんです。みなさんもどうぞ。おいしいですよ」
尾狩刑事は色鮮やかな金平糖を真実たちに分けた。
「だけどわたくし、先ほどから必死に頭を回転させてますが、まったくもってナゾが解けません。金平糖の力がまだまだ足りないようであります」

尾狩刑事は金平糖を次から次へと食べながらそう言う。

「いっぱい食べればいいってものじゃないと思うけど」

健太はあきれるが、尾狩刑事と同じく、真相はまったくわからない。本当に呪いがあるとしか思えなかった。

そのとき、真実が何かを見つけ、ふとコンビニの前で立ち止まった。

「あれは……。そうか」

真実は、健太たちのほうを見た。

「ナゾは解けたよ」

「え？　本当ですか??」

「尾狩刑事、犯人はある科学トリックを使って、『呪』という文字を圭一郎くんたちに見せたんです。あれがそのヒントです」

真実はコンビニの店先を指さす。そこには、どこまでも広がる海の写真が

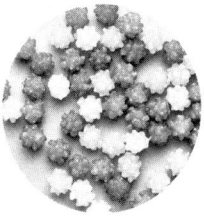

金平糖
ごつごつした球のような形の砂糖菓子。戦国時代の1569年にポルトガルの宣教師が織田信長に贈ったとされ、江戸時代には日本でも作られるようになった。

プリントされた、新発売の飲み物のポスターが貼られていた。

「あの写真が何か関係あるのですか？」

尾狩刑事の言葉に、真実は「ええ」と答えた。

「海水が大きなヒントです。

そして、今回の騒動の犯人は、――伸樹くんです」

「えええ??」

「伸樹くんは知り合いのお兄さんに儀式を教えてもらったと言っていた。だけどそのお兄さんのことを聞いたとき、あたふたしていていました。おそらく、そんな話をしたお兄さんなんていないはずです」

「伸樹くんがウソをついてたってこと？」

健太の言葉に、真実は大きくうなずいた。

「伸樹くんは呪いを解く儀式をする前の日に絵の具を買った。バケツの中の水をむらさき色にするためだろう。だけど健太くん、何か変だとは思わないかい？」

「ええっと、それは……、あっ！　まだむらさきかがみの話を圭一郎くんたちにしていないのに、儀式の準備をしていたってことだよね？」

「そう。伸樹くんはうっかりむらさきかがみという言葉を言ったように見せかけて、本当は最初から圭一郎くんたちにその言葉を言うつもりだったんだ」

健太と美希はそれを聞き、とまどう。

すると、尾狩刑事が口を開いた。

「だけど、儀式は彩さんもやりましたよ？」

彩が儀式をやったとき、『呪』という文字は現れなかった。

文字が現れたのは、圭一郎のときだけだったのだ。

すると、真実がほほえんだ。

「それも、伸樹くんの作戦だったんです。おそらく、伸樹くんは圭一郎くんが儀式をやったときだけ、『呪』の文字が現れるようにしたんです。

科学で解けないナゾはない。

ヒントは、伸樹くんが用意した『聖水』。
そして絵の具と一緒に買ったという『塩』と『じゃがいも』だ」
伸樹は、どうやって圭一郎にだけ『呪』の文字を見せたのだろうか？

解決編
かい
けつ
へん

翌日。真実たちは、彩の家に伸樹を招いた。
「あの、用事っていうのはなんなの？」
2階にある彩の部屋には、彩と真実と美希がいた。伸樹はオドオドしながら真実たちを見ていた。
真実に用事があると言って呼び出されたのだ。
「謎野くんたちが今から呪いを解く儀式をしたいんだって」
彩が真剣な表情で言う。
「どういうこと？」
伸樹が不安そうにたずねると、美希が答えた。
「伸樹くん。わたしたちも事件の話を聞いて禁断の言葉を知ってしまったでしょ。初めは呪いなんてないと思っていたけど、だんだん怖くなってきたの」
「それで儀式をするってこと？」
「ああ、協力してくれるかい？」
真実は、伸樹を見ながら言った。

そのとき、ドアが開き、尾狩刑事と健太が入ってきた。
尾狩刑事がテーブルの上にバケツを置く。そこには、むらさき色の水が入っている。
健太はお盆を持っていて、上には水の入った五つのコップが載っていた。
「伸樹くんがやった儀式をまねてみたんだ。ちゃんと合っているかどうか、チェックしてもらえるかな」
「あ、そういうことか」
伸樹は、真実の言葉で呼ばれた理由がわかり、なんだか少しホッとしていた。真実はその姿を確認するかのように見つめる。
「それじゃあ、さっそく儀式を始めよう」
真実がそう言うと、バケツの周りに健太と美希と尾狩刑事が座った。
「これで呪いが解けるんですね」
「ずっと怖かったよね」
尾狩刑事と美希が言う。
「美希ちゃん、ぼく昨日眠れなかったよ。20歳になったら、『むらさきかがみ』の呪いで死んじゃうと思って」
「あ、健太くん！」
美希が急に大きな声を出した。
「むらさきかがみって言っちゃダメだよ！　伸樹くんたちがまた呪われちゃうよ！」
「え、ぼくたちが？」
伸樹はキョトンとした顔で言う。真実はそんな伸樹をじっと見つめた。
「伸樹くん、彩さん、2人も念のためにもう一度儀式をやったほうがいい」
「え、ええっと、だけど」
伸樹はとまどう。
「伸樹くん、真実くんの言うとおりかも」
「彩ちゃん」
「わたし、また呪われるのはイヤだもん！」
彩は水の入ったコップを手に取った。
「みがかきさらむ……、みがかきさらむ……」

バケツの中に自分の顔を映しながら、むらさき色の水にコップの水を勢いよく加えていく。

「みがかきさらむ……、みがかきさらむ……みがかきさらむ……」

そして、5回呪文を言い終わった。

真実は伸樹のほうを見る。

「次は伸樹くんだ。健太くん、また水を入れてきてもらえるかな」

「うん、わかったよ」

健太は五つのコップをお盆に載せ、バケツを手に部屋を出て行く。

数分後、コップに水を入れて戻ってきた。

「さあ、伸樹くん、儀式をやろう」

「あ、うん。そうだね。やったほうがいいよね」

伸樹は、水の入ったコップを手に取った。

「みがかきさらむ……」

コップの水を、バケツの中に勢いよく加える。

「**みがかきさらむ……、**

みがかきさらむ……、

みがかきさらむ……

みがかきさらむ……」

さらに水をバケツのむらさき色の水に勢いよく加えていく。

そして無事、5回言い終わり、儀式を終えた。

「これで、ぼくも呪いは解けたはず――」

伸樹はそう言ってふとバケツを見た。

瞬間、むらさき色の水の中から、何かが浮かんできた。

それは白い文字だ。

『呪』

「ああっ！」

伸樹は思わず叫ぶ。

だが、真実たちも彩も、まったく驚いていなかった。

「今日来てもらったのは、伸樹くん、きみに儀式を行わせるためだったんだよ」

真実は伸樹を見ながらはっきりとした口調でそう言った。

すべては芝居だったのだ。

それを知り、とまどう伸樹に、真実は話を続ける。

「3カ月前、彩さんと圭一郎くんを家に招いたとき、きみはこれと同じことをしたんだね？」

真実は、どうやって文字が浮かんできたのか、そのトリックを説明した。

「きみは、『密度』を利用したんだ」

密度
ものがどれぐらい詰まっているかを表す単位。同じ体積（大きさ）のものの重さを比べたとき、重いほうは密度が大きく、軽いほうは密度が小さい。

3カ月前、彩たちが儀式を行ったとき、バケツの水の中には、最初から『呪』という形に切られたあるものが入っていた。

「それは、じゃがいもだよ」

伸樹は『呪』の形に切られたじゃがいもを、むらさき色の水の中に沈めていたのだ。

「バケツの水に絵の具で色をつけたのは、沈んでいるじゃがいもを見えなくするためだ。そして、圭一郎くんが『みがかきさらむ』と言いながらコップの中の液体をバケツの水の中に勢いよく加えていく。すると、水の密度が変わって、じゃがいもが浮かび上がった」

真実はむらさき色の水に浮かんでいるじゃがいもを見つめる。

「密度というのは、ものがどれぐらい詰まっているか

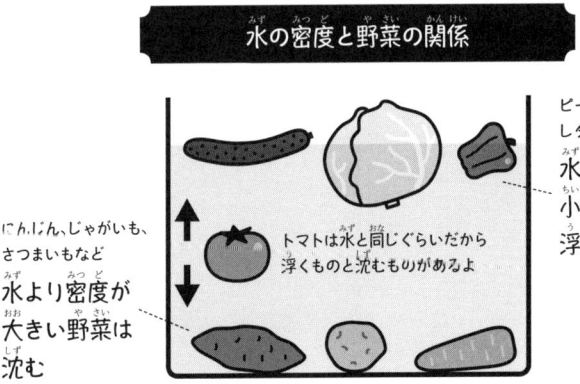

を表している。じゃがいもは水より密度が大きいから、最初水の中に沈んでいたんだ。だけど、コップの中の液体を入れることによって、バケツの中の液体の密度をじゃがいもより大きくした。その結果、じゃがいもが浮かんできたんだ」

しかし、それを聞いていた健太が口をはさんだ。

「だけど、真実くん。この前の儀式は圭一郎くんだけじゃなくて、彩ちゃんもやったんだよ？　今回も最初に彩ちゃんがやったけど、じゃがいもは浮かんでこなかった。どうして彩ちゃんがやったときは浮いてこなかったの？」

「健太くん、きみに水の入った五つのコップを2回用意してもらっただろう？　1回目と2回目、どんな水をコップに入れたか覚えているかい？」

「ええっと、1回目は普通の水で、2回目は水の中に『塩』を加えたよ」

「そう。今回彩さんが使った聖水は、普通の水。そして伸樹くんが使った聖水は、塩水だったんだ」

真実は伸樹のほうを見る。

「塩水を勢いよく加えることによって、バケツの中の水全体に塩水が混ざり、密度が大きくなった。だから『呪』という形に切られたじゃがいもが浮いてきたんだ。きみは、圭一郎くんのときにも同じように塩水の入ったコップを渡したんだね？」

伸樹が彩たちをだました3カ月前の儀式のとき、伸樹は圭一郎のために一度、五つのコップに新しい水を入れにいった。そのとき、塩水を入れて戻ってきたのだ。

じゃがいもが浮くトリック

1 バケツにじゃがいもと色水を入れる

2 色水より密度が大きい塩水を加える

3 色水の密度がじゃがいもより大きくなり、じゃがいもは浮く

すると、それを聞いていた尾狩刑事が「なるほど」と言った。
「真実さんは先日、コンビニに貼られていた『海』のポスターがヒントだと言っていました。あれは海水が塩水だったからなのですね」
尾狩刑事の言葉に、真実はうなずいた。
「伸樹くん。きみは前回、『呪』という文字が浮かび上がったあと、バケツの中をチェックした。そのとき、うしろにいる彩さんたちに見えないように、浮いたじゃがいもをひそかに取り出し、部屋から出ていったんだね？」
伸樹はむらさき色の水を捨てに行くフリをして、バケツの中の液体とじゃがいもを処分し、トリックを見破られずにすんだのだ。
「そ、それはええっと、だからええっと」
伸樹はジリジリとうしろに下がる。次の瞬間――、

「うわあああ！」

伸樹は叫びながら部屋から飛び出した。

「あ、ちょっと！」

美希はあわてて伸樹を追おうとする。だがドアが開かない。

「ドアの外に何かあるみたい」

美希がそう言うと、彩が「あっ」と声をあげた。

「廊下に花瓶を飾る台があるんだけど、伸樹くんがそれを動かしたのかも」

その台がドアの前に置かれているせいで開かないのだ。

「あ、伸樹くん、外に出ちゃったよ！」

健太が窓から外を見て声をあげる。伸樹は家から出てしまったようだ。

すると、尾狩刑事が健太の横に立った。

「わたくしに任せてください！」

「任せてって、どうするの？」

「健太さん、みなさん、危険だから絶対にマネをしてはいけませんよ！」

尾狩刑事はそうたしなめると、窓から身を乗り出した。

「待ちなさい！　ハッ！」

かけ声とともに、尾狩刑事は窓から身を乗り出す。
窓枠に足をかけ大きくジャンプすると、彩の家の塀に飛び降りた。
さらにその塀の上を走り、端まで行くと跳ねるようにジャンプし、地面に着地した。

「うわっ！」

目の前に、伸樹の姿がある。尾狩刑事は真剣な表情で伸樹を見つめた。
「逃げるのはよくないです！　逃げてしまっては、解決できる問題も解決できなくなってしまいますよ！」
「それは……」
伸樹はその言葉を聞き、逃げるのをあきらめたのか、肩を落とす。
尾狩刑事はみごと伸樹に追いつくことに成功したのだった。
真実たちは忍者顔負けの尾狩刑事の動きに圧倒されていた。

「ごめんなさい。パニックになってつい逃げ出しちゃって……」

しばらくして、尾狩刑事に連れられ彩の部屋に戻ってきた伸樹は、みんなに謝った。

そんな伸樹に、彩が声をかける。

「どうして、わたしと圭一郎くんにむらさきかがみの呪いなんてしたの？　謎野くんに犯人は伸樹くんだって聞いて、わたしびっくりしたんだよ」

彩は先ほど真実から話を聞き、伸樹に儀式を行わせるために協力していた。

「ええっとそれは……」

伸樹はうろたえながらも、彩たちの顔を見る。そして何かを決意すると、ゆっくりとしゃべった。

「ぼくはただ……、圭一郎くんをちょっと怖がらせようと思ったんだ」

圭一郎は家に来るたびに、伸樹が大切にしていたプラモデルをさわっていた。

「5年生のとき、それでプラモデルが壊れて」

伸樹はそれを許せなく思い、今回の計画を思いついたのだという。

「だけど、こんなに大ごとになるなんて。ぼく、どうすればいいのかわからなくなって。今も逃げ出しちゃったけど、あのとき、刑事さんに言われたんだ。逃げたら、解決できる問題も解決できなくなってしまうって」

伸樹はその言葉で、正直にすべてを話そうと思ったのだ。

「……圭一郎くんに謝りたい」

伸樹は泣きそうな顔で言う。彩もうなずく。

尾狩刑事は、伸樹の肩にそっと手を置いた。

「あなたも、本当のことが言えずにつらかったんですね。一緒に謝りに行きましょう」

優しくほほえむ。伸樹は泣きながら「ありがとうございます」と礼を言った。

「本当にごめんなさい」

夕方、真実たちは伸樹とともに、圭一郎の家を訪ねた。

伸樹は泣きながら圭一郎に何度も謝る。

そんな伸樹を見て、圭一郎は困惑しながらも、やがて口を開いた。

「伸樹、顔を上げて。原因はぼくがプラモデルを壊したせいなんだから。伸樹がプラモデルをそこまで大事にしてるとは思ってなくて。ぼくね、学校を休んでる間、ずっと伸樹に会いたいと思ってたんだよ。だって親友だと思ってるから」

「圭一郎くん……」

「伸樹、ごめんな。また仲良く遊ぼ」

「う、うん！」

伸樹と圭一郎は笑顔で握手をした。

「よかった～」

彩もホッとする。

「今回も、本当の不可思議事件じゃなかったみたいね」

美希は事件が解決してうれしく思いながらも、不可思議事件ではなかったことに少しガッカリしていた。

一方、真実は伸樹を見て何かを思っていた。

そんな真実に気づき、健太が声をかける。

「どうしたの？」

「あ、いや、べつに」

真実はそう言いながらも、何かを考え続けていた。

そんななか、尾狩刑事が小さなため息をもらす。

「今回は、アリスの手がかりは得られませんでしたね」

アリスはこの町のことを調べていた。何か手がかりがあるかもしれないと思っていたのだ。

するとふと、伸樹が尾狩刑事のほうを見た。

「アリスって、尾狩アリスって子のことですか?」

「えっ、知ってるんですか?」

驚く尾狩刑事に、伸樹はうなずいた。

「3カ月前、ぼくの家に来たんです。むらさきかがみの呪いを解く儀式について話を聞きたいって。それで話をしたら、彼女、少し考えた後、『なるほど。このナゾもわかったかも』って言って帰っちゃいました」

「このナゾも、わかった……？」

真実が伸樹のほうを見る。

「アリスさんは、赤い表紙の本を持っていなかったかい？」

「赤い表紙の本？　ああ、帰りながらその本を見てたよ」

それを聞き、尾狩刑事たちはぼうぜんとするのだった。

「また、不可思議事件の現場にアリスがいたなんて……」
帰り道。尾狩刑事は神妙な顔になっていた。
「やっぱり、予言の書が何か関係してるんだよ」
健太の言葉に、美希はうなずく。
一方、真実は口もとに手を当てて何かを考えていた。
「真実くん、どうしたの？」
「少し疑問に思ってね。今回のトリックは、本当に伸樹くんが考えたのかな？」
「どういうこと？」
「トリックには科学が使われていた。帰るとき、伸樹くんに理科とか科学が好きかどうか聞いたんだ。そうしたら、そういうのは苦手だと言っていて」
「えええ？　じゃあ別の人がトリックを考えたかもしれないってこと??」
謎がますます深まる。真実は口もとに手を当てながらつぶやいた。

「……不可思議事件は、これだけでは終わらないかもしれない」

プルルル　プルルル

夜。薄暗い道路で何かが鳴っている。

それは、公衆電話だ。

プルルル　プルルル

公衆電話のそばには、人影が見える。

電話はまるでその人を呼んでいるかのようだ。

プルルル　プルルル　プルルル

静かな住宅地の道路に、公衆電話の呼び出し音がいつまでも鳴り響いていた。

2

SCIENCE TRICK DATA FILE

科学トリック データファイル

「塩水」の不思議

水に浮かないものも、塩を溶かした塩水には浮くことがあります。これは塩水が何も入っていない水に比べて、※「浮力」が大きくなるからです。

浮力とは、水中にあるものを上向きに押し上げようとする力のことです。その力は、水中でものが

人がぷかぷか浮く「死海」は濃い塩水

中東のイスラエルとヨルダンに接する塩湖「死海」の塩分濃度は普通の海水の10倍にあたる30%。塩がたくさん溶けているので浮力も高く、浮きながら本を読むこともできる

※『科学探偵VS.幽霊船の海賊』182～183ページ参照

押しのけた液体の重さと等しくなります。塩水は水よりも溶けた塩の分だけ重くなるため、浮力もその分、大きくなります。

もちろん、塩水ならどんなものでも浮くわけではありません。ものがどれぐらい詰まっているかを「密度」と呼びますが、液体よりも密度が小さいものは浮き、密度が大きいものは沈みます。

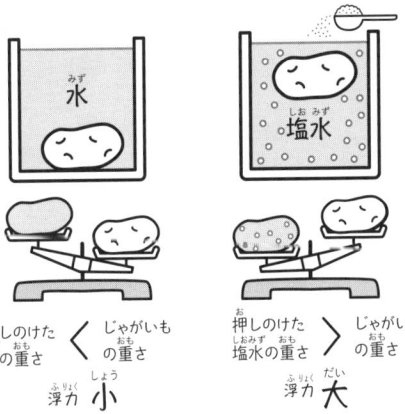

日本滅亡を告げる

予言獣
よ
げん
じゅう

花森小学校では、最近、不吉なうわさがささやかれていた。

「近く大きな災害が起きるらしいよ」

「日本は壊滅的な被害を受けるんだって。この学校も、もしかしたらなくなっちゃうかも……」

「今から逃げる準備しといたほうがいいかな？」

——そんな恐ろしい予言のうわさだった。

「学校がなくなったら、給食のフルーツポンチも食べられなくなっちゃうんだよね？」

給食の時間、健太はフルーツポンチを何杯もおかわりし、べそをかきながらかきこむ。

うわさを信じた健太は、すっかり絶望的な気分になっていた。

しかし、放課後、6年2組の教室にやってきた美希は、落ち込む健太にこう言った。

「うわさの出どころは、うちのクラスの平田並男くんみたいだよ」

平田並男――通称・平田少年は、美希と同じ6年1組の児童だ。
目立ちたがり屋で、お調子者。以前、※インチキな催眠術でみんなをだまし、真実にトリックを見破られた過去がある。
「なんだ、そうだったのか。あの平田くんが言ってるんじゃ、うわさはきっとデマだね」
健太はホッとした。
ところが、そのとき、近くにいた同級生の内村静人がポツリとつぶやく。

「うわさは本当かもしれないよ」

「えっ!?」

健太は驚いて見返す。
静人は、おとなしくて目立たないが、成績優秀でマジメな児童だ。

催眠術
暗示をかけて寝ているような意識の状態にすることで、人の心や体を操る方法のこと。

いたずらにデマを流して、人の不安をあおるようなタイプではない。
「ある本に書いてあったんだ。件が大きな災いのお告げをするって」
「えっ、件？　それって、何？　ある本って、マンガか何か？」
健太が興味津々にたずねると、静人はハッとして口をつぐむ。
「ごめん。塾があるから、もう行かなきゃ」
静人はそれだけ言うと、逃げるように教室を出ていったのだった。

この日の帰り道、健太は、真実や美希とともに尾狩刑事のもとを訪れた。
「件」について聞いてみると、尾狩刑事はあたふたと資料を探す。机に積み上げたファイルの山から、ようやく資料を見つけ出すと、それを見ながら解説を始めた。
「件とは、人間の顔に牛の体を持つ、人面牛身の妖怪であります。牛から生まれて、人の言葉を話し、人間にとって重大な予言をして、死んでいくと言われています」
「へえ、件って妖怪だったんだぁ！　ぼく、妖怪にはくわしいけど、件のことは知らなかったなぁ……」

「まあ、妖怪といっても、人間に危害を加えたりするものではありません。しかし、件が現れるのは、戦争や疫病、大災害などで多くの命が失われる前触れであり、ある意味、日本一恐ろしい妖怪といえるのであります」

健太は、ぞーっとして震えあがる。

尾狩刑事によると、件が初めて日本の文献に登場したのは、江戸時代――天保の大飢饉のときだったという。

「現在の京都府宮津市、倉梯山で、件はその姿を目撃されたのでありました」

(目撃されたってことは、本当にいるってことだよね?)

健太は、ドキドキしはじめる。

「明治時代に現れた件は日露戦争を予言し、第2次世界大戦のときに現れた件は『この戦争は今年中に終わる、日本は戦争に負ける』と、終戦を予言したのであります」

天保の大飢饉

1833年から7年ほど続いた、江戸時代の三大飢饉の一つ。大洪水や冷夏などの天候不順によって米の収穫が非常に少なくなり、東北地方を中心に全国で20万～30万人の餓死・疫病死が出たと推定されている。

日露戦争

1904年から05年にかけて、日本とロシアの間で行われた戦争。旧満州(現在の中国東北部)と朝鮮半島の支配をめぐって争い、日本が勝利した。

第2次世界大戦

1939年から45年に、世界が主に二つの陣営に分かれて戦った大きな戦争。歴史上最も多くの犠牲者を出した。広島県と長崎県に原爆が投下され、沖縄県で地上戦が行われた日本では、民間人の犠牲も多かった。45年8月にポツダム宣言を受諾して敗北した。

尾狩刑事は、ここで言葉を切ると、金平糖をかじりながら、こう付け加えた。

「たしか3カ月前……6月の中ごろだったでしょうか。妹のアリスが件のお告げを聞きに行くと言って、出かけていったことがありました」

「えっ、件のお告げを!?」

驚く健太。

「その場所がどこか、アリスさんから聞いてますか？」

真実はたずねたが、尾狩刑事は首を振る。

「すみません。そのころ、わたくしは不可思議な現象などといったものには一切、興味がなかったので……妹からは『件のお告げを聞きに行く』という以外、何も聞いておりませんでした。まことに恐縮であります」

「じゃあ実際に件がいたかどうかも、わからないんですね」

健太は少しガッカリして肩を落とした。

「あ……でも、妹の行方については、最近、ちょっとした手がかりをつかめたんです」

「**えっ、手がかり!?**」

健太は身を乗り出す。

「妹をはじめとする行方不明になった子どもたちには、ひとつの共通点があることがわかったんです。子どもたちは、いずれも世界科学コンクールの受賞者でした」

「すごい！　あの賞を受賞するなんて、アリスちゃん、本当に頭が良かったんですねー」

美希の言葉に尾狩刑事はうなずき、金平糖をひと粒、手のひらにのせた。

「金平糖は、妹・アリスの大好物でした。これを食べると頭の働きがよくなると言って、勉強するときはいつも口にしていて……」

妹のことを思い出したのか、尾狩刑事は切なげな表情になった。

平田渚男の予言

「大変大変！」

翌日の放課後、美希が健太たちのいる6年2組の教室に駆け込んできた。

「平田くんがクラスのみんなをあおってるの！　大災害が起きるとかなんとか言って！」

それを聞き、静人は、こわばった顔で美希を見返す。

6年1組の教室に向かう美希、健太、真実たちのあとを追い、静人をはじめとする何人かの2組の児童たちも、1組の教室へと向かった。

「平田並男の予言ショー」

教室の黒板には、そんな文字がチョークでデカデカと書かれていた。

その前に、ノストラダムスのような帽子をかぶった平田少年が立っている。

ノストラダムス
16世紀のフランスの医師・占星術師。1999年7月に人類滅亡の日が訪れるとした『ノストラダムスの大予言』（五島勉氏の本）が日本で大流行し、オカルトブームが起きた。

ノストラダムスは、16世紀のフランスに実在した、有名な予言者だ。
「みんな、もうすぐ日本に大災害が起きる！　これまで経験したことのないような災害だ！
ボクは、そのことを予言獣・件のお告げで知ったんだ！」

「件……」

静人が青ざめた顔でつぶやく。
そのとき、バン！と扉が開き、誰かがつかつかと教室に入ってきた。
「いいかげんなデマで、みんなを不安に陥れるのはやめたまえ！」
やってきたのは、健太たちと同じ2組のマジメスギこと杉田ハジメだ。
アクロバティックサラサラを装う何者かのターゲットにされ、恐怖のどん底に突き落とされて以来、ハジメはいたずらやデマでみんなを怖がらせる者たちに対し、ことさらに強いいきどおりを感じていた。
「予言獣・件なんて、この世にいるわけありません！　平田くん、キミが言っていることは、ただの作り話です！」

☆本の感想、似顔絵など、好きなことを書いてね！

ご感想を広告、書籍のPRに使用させていただいてもよろしいでしょうか？

1．実名で可　　2．匿名で可　　3．不可

郵　便　は　が　き

おそれいりますが切手をお貼り下さい

1 0 4 - 8 0 1 1

朝日新聞出版　生活・文化編集部

ジュニア部門　係

お名前			ペンネーム	※本名でも可	
ご住所	〒				
Eメール					
学年	年	年齢	才	性別	
好きな本					

※ご提供いただいた情報は、個人情報を含まない統計的な資料の作成等に使用いたします。その他の利用について詳しくは、当社ホームページ https://publications.asahi.com/company/privacy/ をご覧下さい。

しかし、平田少年は自信たっぷりに、こう言い返したのだった。

「ウソだと思うなら、これから件のいる場所へみんなを案内するよ！　お告げを聞きたい者は、ボクについてきてくれ！」

件のいる場所――平田少年によると、そこは「森下家」という古い屋敷らしい。

「そこって、花森町でも有名な幽霊屋敷だよね？」

小声でささやく健太に、美希もうなずく。

「森下家は、江戸時代から続く呉服屋だったのよ。でも、今は廃業して、当時のままの古い屋敷に、老婆がひとりで住んでるってうわさされてるの」

森下家に向かう途中、美希は尾狩刑事にメールを送る。

《美希です。森下家に、件がいるとの情報を耳にしました。これからお告げを聞きに、森下家の屋敷へ向かいます》

すると、すぐに返信があった。

《承知いたしました。わたくしも今から現場に急行します。現地で

呉服屋
着物や帯などの和服を売る店のこと。呉服とは弥生時代に呉（現在の中国）から日本に伝わった絹の生地を指す言葉だったが、現在では生地を仕立てた着物と同じ意味で使われることが多い。

合流しましょう》

一同は、森下家にやってきた。

そこはうわさにたがわぬ古い屋敷で、「幽霊屋敷」の名にふさわしい不気味な雰囲気が漂っている。

児童たちは尻込みしたが、平田少年は勝手知ったる自分の家のような気軽さで森下家の門をくぐり、敷地内へと足を踏み入れた。

一同も平田少年のあとに従う。

「件は、どこにいるのかな？」

健太は、キョロキョロと庭を見回すが、それらしき姿は見当たらない。

すると——。

「こっちだ！」

平田少年が一同を案内し、やってきたのは、

白壁の土蔵の前だった。

土蔵とは、昔の家によくある、壁を土やしっくいなどで塗り固めた倉庫のことだ。

「予言獣・件は、この中にいる！」

平田少年が土蔵を指さす。

「えっ、この中に件がいるの!?」

一同がザワつくなか、平田少年は勝手に土蔵の中へと入っていった。

土蔵の中には、白髪で腰の曲がった、気むずかしそうな老婆の姿があった。

「おまえたち、ここへ何しにきた!? 勝手に入ってきちゃいかんと言ってるだろ！」

老婆の名前は、森下菊枝――この屋敷の当主だという。

てっきり平田少年が事前に許可を得て敷地に入ったものとばかり思っていた一同は、無許可だったと知って、おじけづいた。

そんななか、美希が菊枝の前に出る。

「無許可で侵入してしまったことは謝ります。しかし、こちらの平田くんの話によると、この土蔵の中には、予言獣・件がいるとか。危険がないかどうか確かめたいので、ぜひとも立ち入りの許可をいただきたく、このとおり、よろしくお願い申し上げます」

美希が頭を下げて頼むと、菊枝は「ふん」と鼻を鳴らす。

「好きにするがいい。祟りにあっても、わしゃ知らんぞ！」

菊枝は、そう言い捨てると、蔵を出ていってしまったのだった。

土蔵の中は、薄暗かった。

そこには、古い呉服をはじめ、壺や掛け軸、昭和の時代に使われていた扇風機、年代物の鏡、仏像や絵画など、ほこりをかぶった骨董品

土蔵
土壁やしっくいを使った外壁などを特徴とする日本の伝統的な蔵。火事に強く、貴重なものをしまっておくための倉庫として使われてきた。

が所狭しと置かれている。
いかにも妖怪が出そうな雰囲気だが、件らしき姿はどこにも見当たらない。
と、そこに――。
「遅くなって、すみません。車で来たんですが、さんざん道に迷ってしまいまして……」
そう言いながら、尾狩刑事が現れた。
土蔵の中に入ろうとして、尾狩刑事は段差につまずき、顔から地面に突っ込んだ。
「この人、尾狩刑事。わたしたち、ワケあって、彼女の捜査に協力してるの」
美希は、ほかの児童たちに尾狩刑事を紹介したが、児童たちはポカンとしていた。
「ど……どうも。花森警察署の尾狩と申します。どうぞよろしくであります」
尾狩刑事は土まみれの顔で、警察手帳を示しながらあいさつをする。
「よし、刑事さんにも、件がお告げをするところを、ぜひ見てもらうことにしよう！」
平田少年は張り切るが、友人たちは不信感をあらわにしながら言った。
「平田、ウソをつくのもいいかげんにしろ」
「件なんてどこにいるんだよ？」

「いるじゃないか。ほら、ここに！」

平田少年が指さしたのは、一枚の油絵だった。

その絵は、格子のはまった土蔵の窓に立てかけられている。

絵には、顔が人間で体が牛――「件」の絵が描かれていた。

「なんだこれ？　ただの絵じゃないか」

「絵の件がお告げをするって？　バカバカしい」

「でも、この絵の模様は、なんだか不気味だよね」

健太がつぶやくと、帰ろうとしかけていた児童たちは立ち止まって振り向く。

件の絵には、全体に奇妙な渦巻き模様が描かれていたのだった。

そのとき、不気味な声が響いた。

「まもなく、日本に天変地異が起きる！」

絵を見つめていた健太は、件の目と口が動いたのを見て、目を丸くする。

「絵がしゃべった！」

件は、その目と口を開閉させながら、さらに恐ろしい予言を告げてきた。

「大きな災害が次々と起こり、この国を襲う。日本の大部分が壊滅的な被害を受け、多くの命が失われることだろう」

「ひゃあああっ！」

その場にいた児童たちは、驚きとも悲鳴ともつかない声をあげた。

そんななか、ハジメは絵を指しながら叫んだ。

「こんなの、インチキに決まってます！　何かトリックがあるはずです！」

ハジメは眼鏡をふいてかけ直すと、じっくりと絵を見つめた。

ほかの児童たちは、こわごわとその様子を見守る。

「杉田、どうなんだ？」

「絵に仕掛けはあるのか？」

「うーん……よくわかりません。見れば見るほど、目が回りそうな不気味な絵です。なんだかワタシ……気持ちが悪くなってきました」

そうつぶやくと、ハジメはバッタリ倒れてしまった。

「杉田さん、大丈夫ですか!?しっかりしてください！」

尾狩刑事は、あわててハジメを介抱する。

そこに騒ぎを聞きつけ、当主の菊枝が現れた。

「だから、言っただろう。この絵には、邪霊がとりついているのじゃ」

「**邪霊……**」

健太はゾッとする。

「この絵に描かれた渦巻きは、生と死、再生と循環の象徴じゃ。邪霊を渦巻きのおりに閉じ込めて、祟りを封印する役目を果たしておったんじゃ。だが、おまえたちが騒いだせいで、封印が解かれてしまった。件のお告げどおり、この国に災いが起きるだろう」

児童たちは、恐怖のあまり泣き出してしまう。

「……お告げが本当になる？　大災害が起きて、ぼくたちはみんな……」

健太は絶句し、青ざめたまま、その場に立ち尽くした。

静人は、しゃがみ込んで、震えている。

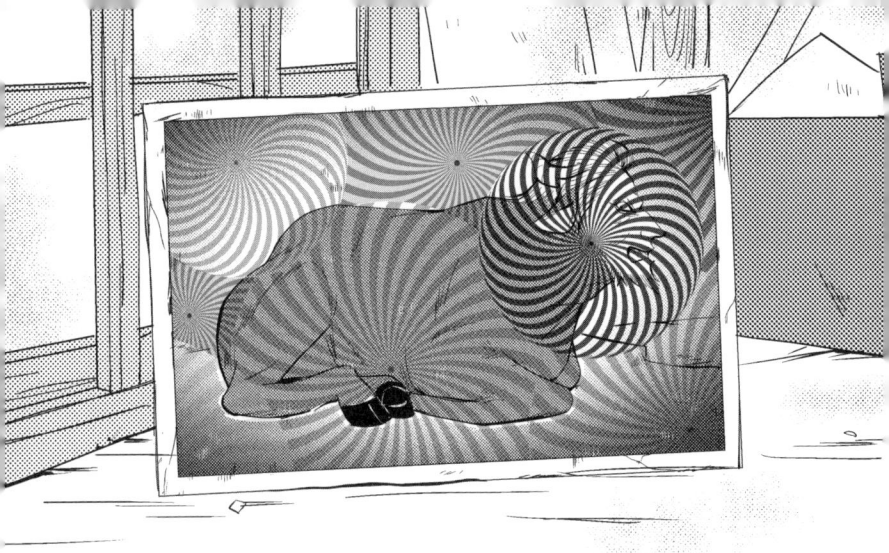

そんななか、ひとり冷静に絵を観察していた真実は、件の耳の下の部分に、ポツンと小さく、針の頭ほどの点があることに気づいた。

「**もしかして……**」

真実はそうつぶやくと、眼鏡をクイッと持ち上げる。

そして、絵をよく見ようと、近づいた。

しかし、次の瞬間、絵はスッと真実の視界から遠ざかる。

菊枝が絵を持ちあげてしまったのだった。

「封印が解かれたこの絵は、お祓いに出すしかない」

菊枝はそうつぶやくと、絵をどこかへ持ち去っていった。

翌日、6年2組の教室は騒然となっていた。

「**マジメスギくんが、グレスギくんになっちゃった!?**」

見ると、ハジメは髪をリーゼントにしてサングラスをかけ、長い学ランという昭和のヤンキーのようなスタイルだった。

「もう、やってらんないっすよ！　近々、日本が終わってしまうなら、ボクは悔いのないように、やりたい格好をするっす！」

どうやらハジメは、件のお告げにショックを受けすぎたようだった。

学ラン
詰め襟の学生服の通称。丈を長く変形させた「長ラン」は、昭和後期の1970年代から80年代に流行した。

ほかの児童たちも皆、ハジメと似たり寄ったりで……。
意気消沈する者、自暴自棄になる者、なかには学校を休んでしまう者も出た。
そんななか、健太は「この世の終わりまでにやりたい100のこと」というリストを作り、ため息をついていた。
「世界中の昆虫を見て回る……宇宙旅行……タイムトラベルして恐竜に会う……名探偵の真実くんとコンビを組んで世界中の大事件を解決する……ぼくには叶えたい夢がたくさんあるんだ」
そんな健太に、ほほえみながら真実は言った。
「健太くん、夢を持つことは素晴らしいことだと、ぼくは思うよ」
「でも、ぼくの夢って、大人になってからしか実現できないものばっかりなんだよね。大人になるまで生きていたいよなぁ……」
「大丈夫。きみの人生は、この先もずっと続いていくさ」

「でも、件がしゃべったってことは……やっぱりお告げは本物ってことでしょ？」
「まあ、答えはいずれわかるさ」

数日後。

尾狩刑事と真実は、健太や美希をはじめ、前回、件のお告げを聞きにいったメンバーを連れて、再び森下家を訪ねた。

「あんたたちも懲りないねえ」
件の絵をもう一度見たいと言ってきた一同を前にして、菊枝はため息をつく。
菊枝によると、件の絵はお祓いに出したので、もうここにはないという。
しかし、尾狩刑事は食い下がった。
「森下さん、あなたがおっしゃるとおり、あの絵には邪霊がとりついていると思われるのであります。土蔵の中には、ほかにも霊がいる気配がするので……どうかもう一度、調べさせていただけないでしょうか？」
尾狩刑事は、手にしたトランクを真実に渡し、菊枝に話す。
「これは、わたくしが用意した霊発見装置です。この装置で土蔵の中を調べれば、ほかにも邪霊がいるかどうかがわかるので、今からこの少年に調べてもらおうと思うのであります」
それを聞き、健太たちは驚く。
今まで霊の存在など信じなかった真実が、霊を調べるというのだ。
「へえ、面白そうだな。じゃあ、ぼくも一緒に」
平田少年も蔵の中へ入ろうとしたが、真実はそれをさえぎった。

「万が一のことを考えて、調査はぼくひとりでやるよ」
真実は、尾狩刑事に渡されたトランクを手に、土蔵の中へと入っていく。
ほかのみんなは、土蔵の外で待つことになった。

「みんな来て！」

しばらくして、真実が突然、土蔵の中から叫んだ。
健太たちがあわてて土蔵に入っていくと、なんとお祓いに出したはずの件の絵が、窓に立てかけられているではないか。
「大きな災害が次々と起こり、この国を襲う。日本の大部分が壊滅的な被害を受け、多くの命が失われることだろう」
絵の中の件は前回見たときと同じように、目と口を何度も開閉させながら、お告げを繰り返している。

「そんなバカな……どうしてあの絵がここに!?」

菊枝はあわてて絵に近づいた。絵をじっと見て、つぶやく。

「これは……この蔵にあった絵じゃない」

「どういうこと!?」

健太たちがとまどいの表情を浮かべていると、真実はニヤリとほほえんだ。

「実はこの絵は、ぼくが尾狩刑事に頼んで用意してもらったものなんだ」

「えっ、そうだったの!?」

「先日、あの絵を見たとき、ぼくはトリックに気づいた。でも、お祓いに出すといって絵を持ち去られてしまったので、それを指摘することができなかったのさ」

そこで真実は尾狩刑事に頼み、同じような絵を用意してもらうことにしたという。

そして、ひとりで土蔵に入っている間に、絵を格子のはまった窓に立てかけ、トリックを仕掛けたのだ。

「……すみません。霊発見装置というのはウソでした。トランクに入っていたのは、この絵だったのです」

尾狩刑事は、恐縮しながら言い添える。

健太は、ようやく事態を悟った。

「だけど、件の目と口が動いたのは、どうして？」

すると、真実は言った。

「科学で解けないナゾはない。この絵には、ある仕掛けがほどこされているんだ。その仕掛けを絵の裏から手で動かすだけで、件の目と口があたかも動いているかのように見えるのさ」

「……絵の裏から？　いったい、どんな仕掛けなんだろう？」

健太も、ほかの児童たちも、首をひねった。

この絵にたくさん描かれているあの模様を利用したんだね。

解決編
かい
けつ
へん

件の目と口が開いたものと閉じたものが交互に組み合わされた絵

「**件の顔の部分をよく見てごらん**」

真実に言われて、健太は絵をのぞきこむ。

よく見ると、件の顔の部分には、透明なシートが貼りつけられていた。

「件の顔の部分には、渦巻き模様が描かれた丸い透明なシートがピンで留められているんだ。この絵にたくさんの渦巻きが描かれているのは、このシートの渦巻きを目立たなくするためさ」

真実は件の絵から、ピンで真ん中を留められた丸いシートを外し、一同に見せる。

透明のシートには、たしかに渦巻き模様が描かれていた。

「**これは、スリットアニメーションを利用したトリックなんだ**」

「……スリットアニメーション？」

「スリットアニメーションとは、絵の上に線がたくさん描かれたシートを置き、その線

ピンで留められていた丸いシートには細くて透明な隙間が空いている

をズラすことによって、絵が動いているかのように見えるトリックアートのことだ」

「あっ、ぼく見たことある。一枚の絵なのに、うさぎがとびはねたり、ちょうが羽ばたいたり動いているように見えるんだよね」

健太が言うと、真実はうなずく。

「うん、そのとおりだ。でも、今回、トリックに使ったのは、線ではなく、この渦巻き状の隙間さ。渦巻き模様のシートは蔵の外からピンを使って簡単に回すことができるようにしてあったんだ。シートが少し回るたびに、あたかも件の目と口が、開いたり閉じたりしてるように見えるのさ」

「それじゃあ、蔵の外で渦巻きを動かして、お告げを言っていたのは？」

「わたくしです。みなさんを驚かせてしまって、まことに恐縮であります」

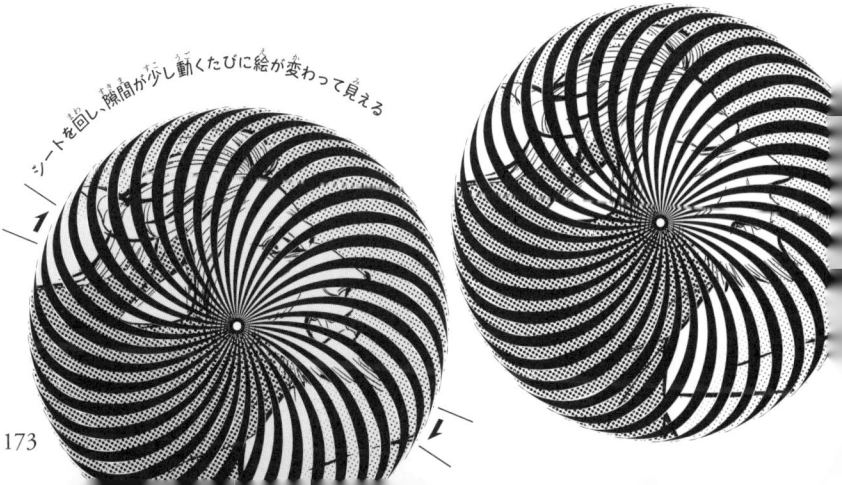

健太に聞かれ、尾狩刑事はペコリと頭を下げた。

「そう。そして、この騒動を仕掛けた人物も、まさにぼくたちがしたことと同じことをしたんです。その人物は、件の目と口を動かして、あのとき、みんなにお告げを聞かせました。不吉な予言を告げる件の声も、あなたが蔵の外から声を作って、聞かせてたんですよね？森下さん？」

真実に名指しされても、菊枝は何も答えなかった。

すると、真実は、たたみかけるように言った。

「あなたが件の絵をお祓いに出すと言って撤去してしまったのは、ぼくにトリックを見破られるかもしれないと思ったからなんでしょう？　今回、隠したはずの絵が出てきて、さぞや驚いたこと

でしょうね」

相変わらず無言の菊枝――。

その場にいた一同は、口々に菊枝を責めはじめる。

「絵に描かれた件に不吉な予言をさせて、子どもを恐怖に陥れるなんて……あなた、いったい何を考えてるんですか!?」

尾狩刑事が言えば、横からハジメも叫んだ。

「そうですよ！　大のオトナがやることとは、とうてい思えない……。アナタの目的は何ですか!?　みんなを絶望に陥れること!?　それとも、世の中を混乱させたいんですか!?」

「おばあちゃんは悪くないんだ！」

そのとき、平田少年が叫んだ。

「えっ……おばあちゃん!?」
驚く健太のかたわらで、真実は淡々と続けた。
「そう。森下菊枝さんは、平田並男くん、きみの母方の祖母で、今回の騒動の協力者だった」
主犯はおそらく平田少年であろうことも、真実には見当がついていた。菊枝を問いつめるふりをしながら、真実は平田少年が自ら告白するのを待っていたのである。

「……ぜんぶボクが悪いんだ……」

平田少年は、涙ながらにつぶやく。
「おばあちゃんは、ただボクに協力してくれただけで……」
そんな平田少年に、真実は問いかけた。
「でも、平田くん、このトリックを考えたのは、きみでも森下さんでもないよね？　いったい誰に教えてもらったんだい？」
それは、まさに真実が平田少年から聞き出したかったことだった。

「神様の使いだよ」
平田少年は答える。

「神様の……使い!?」

健太は、驚きの表情で平田少年を見返した。
「あれは……3カ月くらい前だったかな？　夜、塾の帰りに公園の前を通りかかると、突然、公園の中の公衆電話が鳴りだしたんだ」
平田少年は、なんだろうと思って電話に出てみたという。
すると、受話器から、何やら荘厳な声が聞こえてきたらしい。

「電話の相手は『神の使い』って名乗っていた。その人がボクに、件の絵を動かすトリックを教えてくれたんだ」

「まさか……作り話だろ？」
みんなは半信半疑だったが、平田少年は真顔で言い返す。

「本当だって！　神様の使いに、ボクは言われたんだよ。『このトリックを友達に仕掛けなさい。さもないと、おまえは呪われるだろう』って」

そのため平田少年は指定された日に、このアイデアを実行に移したという。

そして、これまでに何度も、友達に件のお告げを聞かせてきたのだと言った。

「最初は呪いが怖くてやってたんだけど、だんだん、みんなをビックリさせるのが楽しくなっちゃってさ。なんていうか、みんなに注目されて、予言者になったような気分になれて、サイコーだったんだよね」

調子に乗って本音を暴露する平田少年を、菊枝はたしなめ、ため息をついた。

「本当に……申し訳ありませんでした」

菊枝は、深々と頭を下げる。

平田少年に頼まれて怖そうな老婆を演じていたが、菊枝はごくふつうの、気のいいおばあちゃんだったのだ。

「この子は、小さいころから目立ちたがり屋でねえ。本当にどうしようもない子なんですよ。でも、そんな並男がわたしには可愛くてねえ……」

菊枝によると、平田少年は、幼いころから大変なおばあちゃん子だったという。

そんな孫が可愛くてたまらず、菊枝はついつい甘やかしてしまったと語る。

「泣きつかれると何でも頼みごとを聞いてしまって……。並男がこんな子に育ってしまったのは、わたしが甘やかしたせいですよね」

そんな菊枝に、健太は笑顔で言った。

「平田くんはクラスのムードメーカーで、みんなを楽しませてくれると、1組の友達が言ってました。ぼくも、おもしろい平田くんが大好きです！　ただ、ときどき少しやりすぎちゃうだけで……」

健太の言葉に、平田少年は号泣する。

そして、みんなに心からの謝罪をするのだった。

「みんな……本当にごめん。もう二度と、こんなイタズラはしないよ。たとえ呪いをかけられても、二度としないから……」

それを聞いて、みんなは平田少年を許す気持ちになり、仲直りしたのだった。

騒動の翌日。

ほかのクラスメートがいなくなった放課後の教室で、静人はあたりを気にしながら、真実たちがいる場所へとやってきた。

「謎野くん、折り入ってキミに頼みがあるんだ……。この本を、もらってくれないか？」

静人は、真実に一冊の本を差し出した。

表紙には『予言の書』と書かれている。

健太と美希は、本を見て驚く。

「この赤い表紙……アリスちゃんが持っていた本と同じだ！」

「やっぱりアリスちゃんが持っていたのは、うわさに聞く『予言の書』だったのね！」

しかし、真実は驚いた様子もなく、静人にたずねた。

「内村くん、きみが予言の書を持ってるんじゃないかってことは、何となく察していたよ。……それで、きみはこの本をどこで手に入れたんだい？」

「それが……よくわからないんだ。いつの間にか、自分の部屋の机の上に置かれてて……」
静人によると、本の中にはアクロバティックサラサラの出現や、むらさきかがみの呪いなど、最近起きている都市伝説のような怪事件のことがすでに「予言」として書かれていたという。
「今回、件が大災害のお告げをすることも、この予言の書に書かれてたんだ」
「ああ、それで内村くんは、件のお告げが現実に起きるって知ってたんだね」
健太は納得する。
「それだけじゃない。もっと恐ろしい予言もこの本には書かれてて……でも、そのことは、誰にも話しちゃいけないって……」
真実は「なるほどね」とうなずき、本のページを開いた。
すると、最初のページには、こんな一行が書かれていた。

『予言の書を手にした者、
その内容を誰にも話してはならない』

さらに、次のページをめくると……。

『予言をたどり、怪現象の真の姿を見よ。
さすれば、異界への扉が開かれるだろう』

「怪現象の真の姿を見よ……どういうことかな？」

健太は首をかしげる。

「真の姿……つまり、本で予言されている都市伝説のような怪現象のナゾを解けって言ってるんじゃないかな？」

真実が答えると、静人はうなずいた。

「うん、そういう意味だと、ぼくも思うよ」

そして、静人は続ける。

「尾狩アリスとぼくは、同じ塾に通ってたんだ。アリスちゃんもこの本を持っていた。ぼくは何ひとつ怪現象のナゾを解き明かすことができなかったけど……アリスちゃんは、いくつかのナゾを解き明かしたみたいなんだ。でも、そのせいで彼女は……」

行方不明になったのではないかと、静人は言う。

「じゃあ、アリスちゃんはこの『予言の書』に書かれているナゾを解くために、その場所に出かけていたっていうこと……？」

健太が問いかけると、静人はこわばった顔でうなずく。

静人はこれ以上、『予言の書』を持っていることが怖くなったらしい。
だから、それを真実に託したいという。
「謎野くん、キミなら、きっとすべてのナゾを解き明かして、アリスちゃんを助けることができるんじゃないかと思って……」
切実な表情を浮かべる静人に、真実はうなずくのだった。

3

SCIENCE TRICK DATA FILE

科学トリック データファイル

スリットアニメーションを作ろう

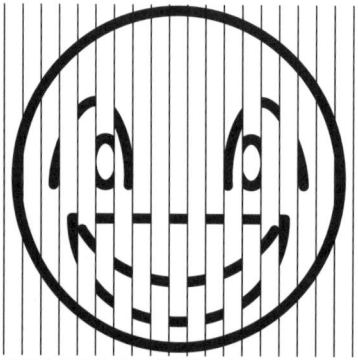

ABABABABABABABABABA

特別な加工をした絵の上で細い隙間があるシートを動かすと、絵が動いて見える技法を「スリットアニメーション」といいます。

172ページ右上にある件の絵のように、複数の絵を隙間の形に合わせて切り分け、組み合わせることで作ることができます。

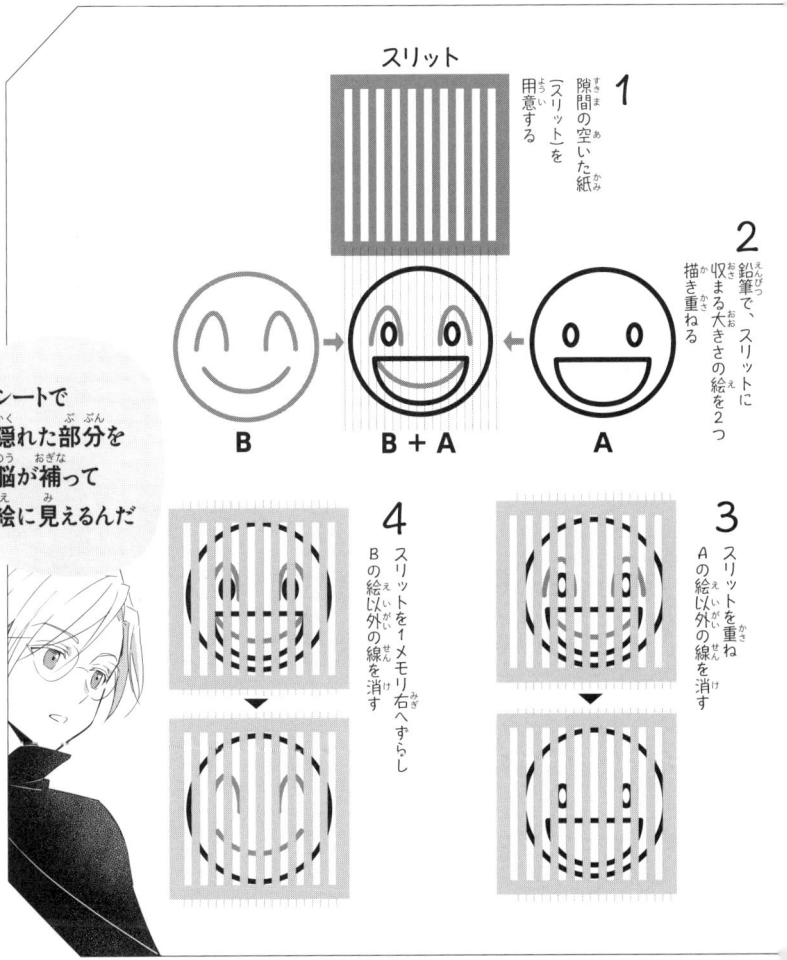
スリット
1
隙間の空いた紙(スリット)を用意する
2
鉛筆で、スリットに収まる大きさの絵を2つ描き重ねる
B
B＋A
A
3
スリットを重ねAの絵以外の線を消す
4
スリットを1メモリ右へずらしBの絵以外の線を消す
シートで隠れた部分を脳が補って絵に見えるんだ

頭の中にこだまする

終末の大予言[前編]4

終末の音
しゅう
まつ
おと

「予言の書を手に入れたというのは本当でしょうかっ!?」

そう言いながら、尾狩刑事が喫茶「ポエム」に駆け込んできた。

その姿は異様だった。

息は乱れ、足元は休憩用のサンダル、上着はブカブカの灰色のジャケットを羽織っている。あわてて別の刑事の上着を着てしまったらしい。

「気持ちはわかるけど、あわてすぎじゃ……」

そんな美希の声も耳に入らない様子で、尾狩刑事は足早に真実に歩み寄った。

真実が予言の書を差し出す。

「これです。ぼくたちもまだくわしくは見ていません」

「これが……中を見てもよろしいですか?」

震える声で尾狩刑事がつぶやくと、真実、健太、美希はうなずいた。

一同の視線が注がれる中、ページがめくられると……。

そこには、不気味な絵とともに、大きな文字で予言が記されていた。

『1の日。酉の刻。街の頂上に赤き女が現れる』

「赤き女……これはきっと、アクロバティックサラサラについての予言だね」

健太が言うと、尾狩刑事は取り出したメモと照らし合わせた。

「1の日……とは1日のこと。そして酉の刻は、江戸時代まで使われていた時刻の表し方で夕方の5時から7時のことですね。先日、杉田さんがアクロバティックサラサラを目撃した日時と一致しています」

「次の予言はどう？」

美希にうながされ、健太がページをめくる。

『5の日。申の刻。模型が並ぶ部屋に、むらさきかがみの呪いが浮かぶ』

『10の日。未の刻。古き蔵にて、件が大いなる災いを告げる』

「これは、むらさきかがみの呪いと件のお告げの予言かな」
健太が言うと、尾狩刑事がすばやくメモをめくる。
「申の刻は午後3時から5時。未の刻は午後1時から3時。どちらも、それぞれの事件が起きた日時とぴったり合っています」
「つまり、予言の書に書かれたとおりに、事件が起こされていたってわけだね！」
健太がうなずく横で、尾狩刑事は腕を組み、首をひねった。
「……わかりません。どうにも不可思議です」
「え？　いったい何が!?」
健太が聞くと、尾狩刑事は写真を取り出し、机の上に並べた。
それは、事件を起こした2人……矢部伸樹と平田並男の写真だった。
「この2人には事件後、部屋を見せてもらいました。しかし、どこにも予言の書らしき本はありませんでした」
「つまり、予言を知らないはずの2人が、予言どおりの事件を起こしてたってこと？」
美希が眉をひそめて言うと、尾狩刑事はコクリとうなずいた。

「気になっていることがあるんだ」
真実がふいに声をあげる。
「**件のお告げの事件を起こした平田くんは、公衆電話で、『神様の使い』からトリックを仕掛けるように言われたと言っていた。もしかしたらほかの事件も……**」
「公衆電話で指示されていたかもしれないってこと？」
健太の言葉に真実はうなずく。
「ああ。証拠はないけどね」
そのときだった。
「お話し中、ごめんよ」
喫茶店のマスターが、みんなが注文した飲み物を配りはじめた。
その手がふと止まる。
「ん？　この子、見覚えがあるなあ」
そう言って指さしたのは、伸樹の写真だった。
「どちらで見かけたんですか？」

尾狩刑事が聞くと、マスターは思い出すように言った。

「ぼくたち夫婦は、夜遅くに散歩することがあるんだけど……たしかそのとき、公衆電話の横のベンチに、ひとりでじっと座っていたよ」

「伸樹くんが公衆電話の近くに!?」

健太が驚きの声をあげる。

「思いつめたような顔をしてたから、よく覚えてるよ。そういえば、ママ！　別の日には、違う子たちを見かけたって言ってなかったかい？」

マスターの呼びかけに、カウンターの中の妻がうなずく。

「そうそう！　夜中に公衆電話の前で、3人組の中学生たちが言い合いをしてたのよ。『もうあんなイタズラはしたくない』『いいや、神の使いの言うことを聞かないと呪われる』とか言って……」

「神の使い……？」

健太が息をのむ。真実はマスターの妻にたずねた。

「その3人組の中に、背の高い人がいませんでしたか？」

「そうねえ、たしか3人ともバスケ部のジャージを着て、背が高かったような」

その答えに真実はうなずいた。

「きっと、アクロバティックサラサラの事件を起こしたのはその3人だ。サラサラに変装するには身長が必要だし、3人組の犯行だというぼくの推理とも一致する」

真実の言葉に、尾狩刑事が声をあげる。

「つながったであります！　すべての事件が公衆電話

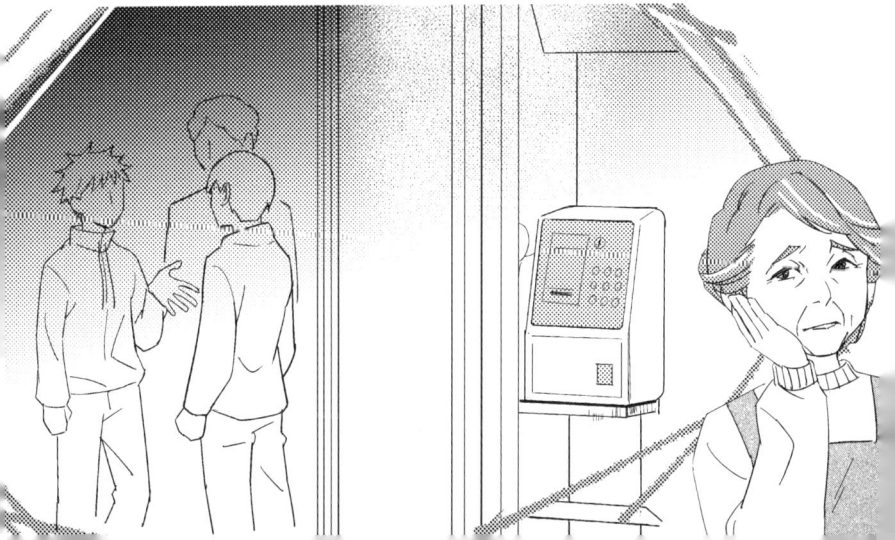

と！」

「え～と……つまり、どの事件も神の使いに命じられていたってこと!?」

健太の言葉に真実はうなずいた。

「ああ。予言の書を作り、子どもたちに予言のとおりに事件を起こさせた。おそらく、行方がわからなくなった子どもたちや、アリスさんにも神の使いが関わっているはずだ」

「アリス……」

尾狩刑事は震える声でつぶやくと、予言の書を手に取った。

「だとすれば、わたくしたちも予言のナゾを追えば、アリスやほかの子たちにも会えるはずです！　早く次の予言の現場に向かうであります！」

そう言って予言の書のページをめくった。

そこには新たな予言が記されていた。

『15の日。戌の刻。絶望が広がる大地へのぼれ。
選ばれし者の耳に、終末の音が響くだろう』

「絶望が広がる大地……？　終末の音……？　いったいどういう意味でしょう？」

尾狩刑事は金平糖を取り出し、ガリガリとかみ砕いた。

その横で、真実はブツブツと小声でつぶやいていた。

「勇者……健康……嫉妬……」

「どうしたの!?　真実くん!?」

驚いて健太が言う。

「マリーゴールドという花の花言葉だよ。

ほかにもたくさんの花言葉があってね。その中に『絶望』という言葉もあるんだ。絶望が広がる大地というのは、マリーゴールドが一面に咲く場所のことじゃないかな」

終末
物事が最後に行き着くところを指し、特に、世界の終わりを指して使われることが多い。

花言葉
花の色や香りなどの特徴をもとに、その花に特定の意味を持たせた言葉。同じ種類の花でも、国や地域によって花言葉が違うことがある。

その言葉に、美希が「あっ！」と声をあげる。

「わたし聞いたことがある！　花森町にある天狗山に、マリーゴールドが一面に咲く野原があるって！」

「つまり、15日の戌の刻……夜7時から9時の間に、天狗山の野原へ来いということでありますか!?」

尾狩刑事の言葉にうなずくと、真実は人さし指で眼鏡を持ち上げた。

「そしてもう一つ。終末の音とは、アポカリプティックサウンドのことだと思う」

「え、何？　アポカドサンド……？」

耳慣れない言葉に、健太が首をかしげる。

「そうじゃないよ。世界中で起きている、不気味な音が空に響く現象のことさ。地球が発する電波が音になって聞こえたものだという説もあるけど、原因はまだ明らかになっていないんだ」

「でも、どうしてそれが『終末の音』……世界の終わりの音だなんて言われるの？」

今度は美希が真実にたずねた。

「キリスト教の聖書の一つである新約聖書に書かれているんだ。世界が終末を迎えるとき、天使たちが七つのラッパを吹くって。ラッパが一つ吹かれる度に天変地異や大きな災厄が起こり、七つ吹き終えたときに世界は滅びるとね。その話と結びつけられているんだ」

真実の言葉に、健太が眉をひそめる。

「そんな現象を、予言のとおり、決められた時間にどうやって起こすんだろう？　もしかして『神の使い』は、本当に神様の仲間だったりして……」

すると真実は、予言の書から顔を上げて言った。

「何が起きるかは、15日の夜、天狗山に行けばわかることさ」

そう言うと、真実はクンクンと小さく鼻を鳴らした。

「いい匂いだ。ぼくは、チョコレート・ブラウニーをお願いします」

「え!?」

意外な言葉に健太が振り向くと、マスター夫妻がお皿を持って立っていた。
「あんたたち、何だかわからないけど、大変なことに取り組んでるんだねえ」
「このケーキはわたしたちからのサービスよ。よかったら食べてちょうだい」
お皿には、おいしそうなマドレーヌとチョコレート・ブラウニーが載っていた。
「あー！　ずるい！　ぼくもチョコレート・ブラウニーがいい！」
「わたくしは、僭越ながらマドレーヌを頂戴したいであります！」
しばしの時間、店内にみんなのにぎやかな声があふれた。

15日の夜がやってきた。
待ち合わせ場所の花森署の入り口に、尾狩刑事がバタバタと駆け込んできた。

「遅れてしまって申し訳ございません！
歯医者さんに行っておりまして」

「どうしたの？　虫歯？」

健太が聞くと、尾狩刑事は右のほおを押さえながら答えた。
「はい。先週から突然、奥歯が痛みはじめまして……実に不可思議です」
「金平糖の食べすぎでしょ!!」
美希が苦笑いしながら言う。
「さあ、車に乗ってください。天狗山に向かうであります！」

天狗山は花森町の西にそびえる、高さ800メートルほどの山だ。
真っ暗な山道を、尾狩刑事が運転する車が走り抜けていく。
木々の間を抜けると、3方向を断崖に囲まれた野原が現れた。
一面、黄色やオレンジ色のマリーゴールドの花が咲いている。
「あれが予言にあった『絶望が広がる大地』ですね」
尾狩刑事は脇道に車を止め、一同は野原に足を踏み入れた。
「予言にあった時刻は『戌の刻』……つまり夜の7時過ぎ。もうすぐだ」
予言の書を手にした真実はそこまで言うと、ふいに足を止めた。

「気をつけて。人がいる」
「えっ!?　どこどこ!?」

驚き、すばやく真実の背中に身を隠す健太。
月は雲に覆われ、あたりは暗い。
目をこらして見ると、たしかに、暗闇の中に人影が立っている。
1人…2人…3人。それぞれ、手に本を持っているようだ。

「きみたちも仲間かい？」

暗闇に少年の声が響いた。
真実は、手にした予言の書を持ち上げて答えた。
「ああ、きみたちと同じだ。予言の書を見て来たんだ。終末の音を聞きにね」
3人の影が顔を見合わせ、身構えるのがわかった。
再び少年の声が響く。
「予言の書は一冊かい？　予言の書のことは誰にも教えちゃいけないハズだよ。まさかルールを破ったんじゃないだろうね？」

3人は真実たちから遠ざかるように後ずさりを始めた。
「ああ！　ちょっと待って！　待ってください！」
尾狩刑事があわてて人影に走り寄る。
近くで見ると、それは、真実たちと同じ年頃の2人の少年と1人の少女だった。
尾狩刑事はアリスの写真を取り出して、彼らに見せた。
「この子を捜してるんです。どこかで見かけなかったですか？　3カ月前から行方がわからないんです」
3人は、黙ったまま顔を見合わせている。
「お願いです。どんなことでもいい。手がかりがほしいんです」
やがて、少女がおそるおそる声をあげた。
「……その子、異界への扉を開いたんじゃない？」
「異界への扉……？」
「予言の書に書いてあるでしょ……怪現象の真の姿を見たら、異界への扉が開くって……うわさだと、異界へ行ったら二度と帰ってこられなくなるって……」
「二度と帰ってこられない……？」
尾狩刑事がつぶやいたそのときだった。

ドオオオオオン

かすかな振動とともに、低くにぶい音が響いた。
驚き、あたりを見回す一同。

「いったい何の音!?」

健太があわてて口にすると、再び音がこだました。

ドオオオオオン……ドオオオオオン……。

低く、重く、体の底まで響くような不気味な音だった。
「もしかして、これがアポカリプティックサウンド!?」

美希がつぶやくと、少年たちは喜びの声をあげた。
「終末の音だ！　予言の書のとおりだ！」
「予言には、選ばれし者に聞こえるって。おれたちは選ばれたんだ！」
すると、真実は静かに首を横に振った。

「いいや、これは終末の音……アポカリプティックサウンドじゃない」

真実の言葉に、少年たちはムッとして顔色を変えた。
「どうしてそんなことがわかるんだよ!?」
真実は言葉を続ける。
「予言の書がなぜ今日の夜……つまり、15日の夜7時を指定したのか気になってね。調べたら、毎月15日の夜は、100キロほど離れた山のふもとで自衛隊の砲撃訓練があるとわかったんだ。砲撃の音が遠くまで伝わるのはよくあることだよ」
そう言って真実は、野原を囲む断崖を指さした。
「しかも、この場所は3方向を断崖に囲まれている。だから、遠くの音でも反響してよく聞こえるんだ。それが、今聞こえている音の正体だよ」
真実の横で健太が胸を張って言う。
「ほーらね。真実くんの手にかかれば、解けないナゾなんてないのさ！」
「そういうことだったのか……」
少年たちは納得したようにため息をついた。
そのときだった。
少女がハッとして顔を上げた。
「今、誰かわたしの名前を呼んだ？　さゆりって……」
健太は美希と顔を見合わせた。
「え？　いや、ぼくたちは呼んでないよ」
すると、さゆりと名乗った少女は、両手で耳を押さえてしゃがみこんだ。
「ああっ！　聞こえる！

はっきり聞こえるの！
わたしの名前を呼んでる！
本当の終末の音はこれからだって言ってるわ……！」

突然の出来事に、一同はあっけにとられてさゆりを見つめた。

「ねえ大丈夫!?　しっかりして！」

美希は心配そうにさゆりの肩を抱き、真実に言った。

「どうしたんだろう？　もしかして幻聴とか!?」

だが次の瞬間、信じられないことが起きた。

尾狩刑事も両手で耳をふさいだのだ。

「これは……どういうことです!?　実に不可思議です!!」

「尾狩刑事!?　どうしたの!?」

健太の呼びかけに、尾狩刑事は顔をゆがませながら答える。

「その言葉、わたくしにも聞こえます！

「終末の音はこれからだと繰り返しています！」

「ええっ！　尾狩刑事まで!?」
健太はあわてて耳を澄ましたが、あたりは静寂に包まれている。
虫の声ひとつ聞こえない。
そんな中、さゆりは苦しそうに声をあげた。
「頭の中で音が鳴りはじめた……！　金属をこすりあわせたような音が……！」
尾狩刑事も続けて言う。
「わたくしにも聞こえるであります……！　ギィィィィン、ギィィィィンって……すごく不気味で不快な音が頭の中で響いてます……！」
少年たちは顔を見合わせ、つぶやいた。
「これが予言にあった『選ばれし者の耳に響く終末の音』!?」
さゆりの呼吸が、どんどん荒くなっていく。
「また声が聞こえはじめた……！　我は神の使いなり……」
「神の使いだって……!?」

健太がゴクリとつばをのむ。

尾狩刑事の呼吸も、しだいに荒くなっていく。

「……汝、選ばれし者よ……

終末が近づきしことを人々に伝えよ……

さもなくば、汝、地獄の炎に焼かれるであろう……!

我は神の使いなり……!」

美希が震える声で真実に言う。

「2人に同じ音や声が聞こえるってことは、幻聴じゃないってこと!? いったいどうなってるの!?」

真実の額に、ひとすじの汗が流れた。

「なぜ2人にだけ声が聞こえるんだ……!?」

さゆりはポロポロと涙を流していた。

「やっとわかった。いつもわたしの頭の中に聞こえる声は、神様の使いの声だったのね」

その言葉を聞いた真実はしゃがみこみ、まっすぐにさゆりの瞳を見つめた。
「いつも聞こえると言ったね？　どういうことか教えてくれないか？」
「**家や学校、どこにいてもいつも聞こえるの。話し声や笑い声、ときには歌声まで……朝から晩までずっと。周りを見ても誰もいないの……**」
さゆりの意外な告白に、健太は背筋がゾッとした。
「……怖かった……つらかった……でも、頭が変だって思われそうだから誰にも相談できなかった……。だけど今わかった……わたしは、神様の使いに選ばれたのね……」
その言葉をさえぎるように、尾狩刑事が言う。
「待ってください！　わたくしには普段そんな声は聞こえません！　声が聞こえたのは今が初めてです……！」
「こんなことができるなんて、神の使いはやっぱり本物なのかも!!」
健太は我を忘れて大きな声で叫んだ。
だが、真実のまなざしは冷静だった。
「いや、必ず理由があるはずだ。いつも聞こえるということは、もしかしたら……」

真実は、尾狩刑事を支えるようにして一緒に立ち上がった。

「尾狩刑事、車を運転できますか？　このナゾを解くために、試したいことがあるんです。さゆりさん、きみも一緒に来てほしい」

少年たちをその場に置いて、真実たちは車に乗り込んだ。

「このまま、まっすぐ山道を上ってください」

「わかりました……行きますよ……！」

尾狩刑事は口に金平糖を放り込むと、ガリガリとかみ砕いてアクセルを踏んだ。

ブォオオオン！

車はいきなり、うしろ向きに走りはじめた。

「わわわっ！　バックしてるよ！　山を下ってる！」

健太が叫ぶと、尾狩刑事はあわててブレーキを踏んだ。

「申し訳ございません！　ギアを入れ間違えておりました！」

ギアを入れ替え、再びアクセルを踏むと、今度は前に向かって走りはじめた。

車は細い山道を上っていく。
ハンドルを握る尾狩刑事の顔が、苦しそうにゆがむ。
「頭の中に聞こえる音が、どんどん大きくなってきました……！」
後部座席に座るさゆりも声をあげた。
「今まで聞いたことがないくらい、大きな音……！」
真実がフロントガラスを指さして言う。
「この先にトンネルがあるはずだ。そこまで車を走らせてください！」
その声をさえぎるように、さゆりが叫ぶ。

「行っちゃダメ！　声がわたしの名前を呼んでる！
すぐに引き返せ、暗き闇の中に入ったら、
恐ろしいことが起きるって……！」

「わたくしにも聞こえます……！　どうしますか!?」
尾狩刑事がバックミラー越しに真実に目をやる。

「どうするの!? 真実くん！」
健太も声をあげる。
真実は、まっすぐ前を向いたまま答えた。
「このまま進んでください！」
やがて、ヘッドライトの先に古いトンネルが見えてきた。

キキキ――ッ！

トンネルの手前に車を止めると、一同は車を降りた。
「イヤよ！ 入りたくない！ 神様の使いが言ってるのよ！ 恐ろしいことが起きるって！」
真実は、叫ぶさゆりの両肩に手を置き、瞳をまっすぐ見つめて言った。
「その声は『神様の使い』なんかじゃない。トンネルの中に入れば、科学が本当の答えを教えてくれるはずだ」
「でも……わたし、怖いの……！」

「大丈夫、ぼくを信じて」

そう言うと、真実はさゆりの手を取り、トンネルへと歩きはじめた。
そして、暗闇の中へ足を踏み入れる。

「あっ！」

初めに声をあげたのは尾狩刑事だった。

「音が……
声が消えたで
あります……！」

続けて、さゆりも小さな声でつぶやいた。

「ほんとだ……何も聞こえなくなった……」

「真実くん、いったいどういうことなの!?」

健太には、何が起きているのかさっぱりわからなかった。

「思ったとおりだ。終末の音……そしてナゾの声の正体はラジオの電波だったんだ。ラジオの電波は、ビルの谷間や地下、トンネルの中には届きにくい。だからトンネルの中に入ったら声が聞こえなくなったのさ」

しかし、みんなはまだ納得しきれていない様子だった。

美希が考えを整理するように、ゆっくりと言う。

「……つまり、誰かがラジオの電波に、終末の音や謎の声を乗せて流していたっていうわけ？　でも、どうしてその音が2人の頭の中にだけ聞こえたの？」

「さゆりさんと尾狩刑事……2人の体の一部の『あるもの』が、アンテナ代わりになって、ラジオの電波を受信していたんだ」

「体の一部の『あるもの』……？」

さゆりがぼうぜんとつぶやく。

はたして、その

「あるもの」とは？

尾狩刑事が
待ち合わせに遅れた
理由と関係があるよ。

解決編
かい
けつ
へん

真実が小型のライトをつけると、トンネルの中に光がともった。
一同が見つめる中、真実は静かに話し始めた。
「尾狩刑事、今日、歯医者に行ったと言ってましたね。もしかして、銀歯を入れたんじゃないですか？」
「そのとおりです……どうしてわかるんですか？」
尾狩刑事は狐につままれたような顔をしている。
「そしておそらく……さゆりさん、あなたにも銀歯が入っているはずだ」
「ええ……たしかにあるわ」

「それがアンテナの代わりになったのさ」

真実が言うと、健太は驚きの声をあげた。
「えっ!?　銀歯がラジオの電波を受信してたっていうの!?」
「ああ。とても珍しい例だけどね。銀歯を入れた場所や形など、いくつかの条件が重なったときに見られる現象なんだ。電波は銀歯を振動させることがある。その振動が頭の骨を伝わって耳の神経に届くと、それを脳が音として感じとり、ラジオの音が頭の中で幻聴のように聞こえるんだ」

さゆりが震える声でつぶやく。

「今までずっと聞こえていた話し声や歌声は、ラジオの音だったの……!?」

だが、尾狩刑事は腕を組んだまま考えていた。

「まだわからないことがあります。神の使いだという声は、さゆりさんの名前を呼んでいた。それに、わたくしたちがトンネルに向かうことも知っていた。それはどうしてでしょうか？」

真実はうなずくと、さゆりに語りかけた。

「さゆりさん、あなたはさっき、頭の中で声が聞こえる悩みを誰にも相談したことがないと言ってたけれど、それは確かかい？」

「そういえば……去年、ネットの掲示板に悩みを書き込んだことがあったかも」

真実は、クイッと人さし指で眼鏡を持ち上げた。

「犯人はそのサイトを見ていたのかもしれない。

ラジオが音を出すしくみ

1 音声が電波に変わり電波塔から発信される

2 ラジオのアンテナが受け取った電波を音声信号に戻し、スピーカーを振動させると、音が出る

電波塔

トンネルなどで電波が届かなくなると聞こえなくなる

銀歯がアンテナの代わりに!?

1 ラジオの電波が銀歯を振動させる

2 振動が骨を通して耳の神経に直接伝わる

そして、あなたを利用できると狙いをつけていた。
おそらく、野原にいた少年のどちらかが犯人の指示を受けて、ぼくらを見張っていたんだろう。少年から車が向かった先を聞いた犯人は、トンネルに向かうなというメッセージを送って警告してきた。トンネルに入られたら、ラジオの電波のトリックがバレてしまうからね」
「そういうことですか……」
尾狩刑事が言うと、真実は立ち上がり、反対側の出口に向かって歩き始めた。

「真実くん、どこに行くの!?」
健太の声に、真実は前を見つめたまま答えた。

「もう一つ、犯人が隠したかったものがこの先にあるはずだ」

健太たちも、あわてて真実を追いかけた。
トンネルの出口を抜けると、木々の向こうにあるものが見えた。

「あっ！　あれは……！」

健太が指さした先に立っていたもの……それは古い鉄塔だった。

「ラジオの電波塔だよ。車で山道を上るほど、電波塔との距離が近くなる。だから頭の中で聞こえる音が大きくなったんだ」

そこまで言うと真実はさゆりに向き直り、声をかけた。

「さゆりさん、これまでつらかったね。でももう大丈夫。歯の治療をやり直せば、もう声は聞こえなくなるよ」

その声の優しい響きに、さゆりの目からぽろぽろと涙があふれた。

「……ありがとう。本当にありがとう」

それから1週間後。
花森小学校の校庭の片隅に、真実と健太、そして尾狩刑事の姿があった。
報告したいことがあると、尾狩刑事が訪ねてきたのだ。
「さゆりさんと歯の治療に行ってきたんです。銀歯を金属ではない素材に変えていただいたら、声が聞こえなくなったって、さゆりさんも喜んでいましたよ」
「うわあ、それはよかった！」
笑顔で健太が言うと、真実もうなずいた。
「それからもう一つ発見がありました」
そう言うと、尾狩刑事はメモを見ながら話しはじめた。
「天狗山の近くにある歯科医院に聞き込みをしましたら、アリスに見覚えがある先生がいたんです。銀歯がラジオの電波を受信することはあるかと聞かれたそうです」
「つまり、アリスさんはこの予言のナゾも解いたことになる」
真実の答えに、尾狩刑事は力なくうなずいた。
「……そうですね。アリスはいったいどこへ行ってしまったのか……」

「予言の書にはまだ予言が残ってるからね。アリスちゃんは絶対見つかるよ！」
健太が明るく言ったそのとき……美希があわてて駆け込んできた。

「大変よ！　ネットにアリスちゃんらしき人のコメントを見つけたの！
彼女が姿を消した場所がわかるかもしれない！」

その言葉に、尾狩刑事は息をのんだ。
「それは本当でありますか!?」

4

SCIENCE TRICK DATA FILE

科学トリック データファイル

電波って何？

スマートフォンやテレビ、ラジオなど、身近にある電子機器はどうやって情報を送ったり受け取ったりしているのでしょうか。そこには目に見えない電波が使われています。電波とは電線やケーブルを使わずに情報を伝えることができる電気エネルギーの波のことで支えている！

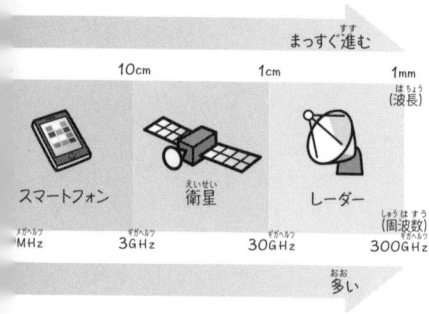

周波数が高い電波は狭い範囲にたくさんの情報を届けることができ、周波数が低い電波は少ない情報を広く伝えることができる

す。

基地局から発信された電波は、遠くなるにつれて弱くなり、建物などの障害物で反射したりさえぎられたりすることもありますが、ものを通り抜けたり、うしろに回り込んだりすることもできます。

電波の伝わり方や送れる情報量は波の長さ(波長)や1秒あたりの波の数(周波数)によって違い、使い方が決められているのです。

潜水艦や衛星の通信にも電波が活用されているんだ

いろいろな種類の電波が生活を

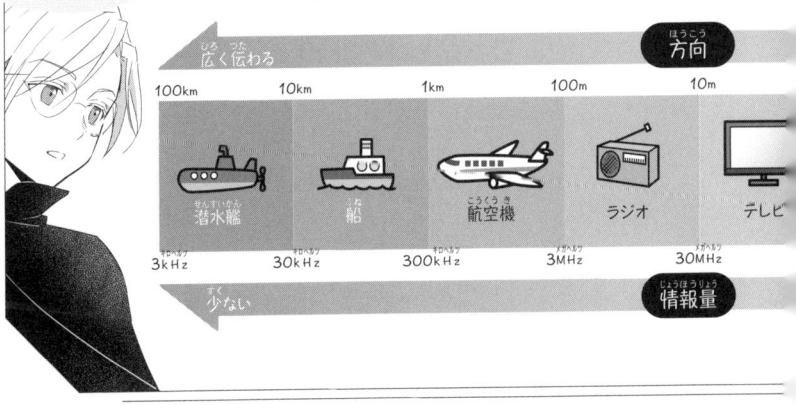

尾狩刑事と真実たちは、花森小学校の新聞部の部室にいた。
パソコンの画面には、あるサイトが表示されている。
「すごくマイナーなオカルト掲示板なんだけど、アリスちゃんの手がかりを探してたら偶然見つけたの。ほら、ここを見て！」
美希が指さす先に「アリス」と書かれた名前があった。

「アリス……!?」

尾狩刑事は食い入るように画面を見つめた。
そこには、次のようなメッセージが書き込まれていた。

アリス【6月15日。19時30分。
すべての数字がそろった。これであの場所へ行ける。
この先は何が起きるかわからない。万が一のためにこの記録を残す】

尾狩刑事は眉をひそめてつぶやいた。

「すべての数字がそろった……あの場所へ行ける……これはどういう意味でしょうか？」

「わからない……この数日後にもメッセージが書き込まれていたの」

そう言うと、美希は掲示板の画面をスクロールさせた。

アリス【6月19日。23時40分。ホームに電車がやってきた】

アリス【6月20日。00時25分。着いたのは小さな無人駅。まわりには草原と山が見えるだけ】

アリス【6月20日。01時57分。線路にそって歩く。遠くで太鼓と鈴を鳴らすような音が聞こえる】

画面を見つめる健太がゴクリとつばをのみこむ。

「ねえ……これってあの都市伝説とそっくりじゃない……!?」

その言葉に美希はコクリとうなずいた。

「そう……まるで同じなの。『きさらぎ駅』の都市伝説と……」

「きさらぎ駅……？」
尾狩刑事の表情が不安でサッと曇った。
真実はじっと画面を見つめていた。
「まだメッセージの続きがあるようです」

アリス【6月20日。02時09分。
危ないから線路の上歩いちゃダメだよ、とうしろのほうで誰かが叫んでいたので、
振り向いたら、おじいさんが立っていたが消えてしまった】

アリス【6月20日。03時10分。
トンネルから出ると、先のほうに誰か立っている】

アリス【6月20日。03時20分。
親切な人で、わたしが目指す場所を知っているそう。
そこまで車で送ってもらうことになった】

「アリスちゃん、車に乗っちゃダメだ。その車に乗ったら……！」
健太が思わず口走る。
「メッセージはここで終わってるみたい……」
美希がつぶやくと、健太が震える声で言う。
「同じだ……何もかも、『きさらぎ駅』とまったく同じだ……」
尾狩刑事はゴクリとつばをのみ、おそるおそる聞いた。
「いったいどういうことですか……!?　アリスに何が起きたんですか!?」
健太は決意したようにギュッと手のひらを握った。
「何年も前に、同じような投稿があったんだ。ある若い女の人が、いつもの電車に乗っていたら見知らぬ駅に着いたって。その駅の名前はきさらぎ駅……そこでは不思議なことがいろいろ起きて、最後にトンネルを抜けた先で、親切な人の車に乗った……」
「それで？　その女の人はどうなったんでしょうか……？」
「……どこかに消えたみたいに連絡が途絶えたんだ。ネットでうわさになってたくさんの人がきさらぎ駅を探したけど、そんな駅はどこにもなかった。だから今では、きさらぎ駅は異界にあると言われているよ……」

「異界……!?」

尾狩刑事が息をのむ。

「つまり、予言の書に書いてあるとおりになったわけだね……」

真実はそう言って予言の書を開いた。そこにはこう書かれていた。

『予言をたどり、怪現象の真の姿を見よ。
さすれば、異界への扉が開かれるだろう』

「アリスさんは『すべての数字がそろった』と書いている。おそらく、予言のナゾをすべて解いて『数字』を手に入れたんだろう。そしてきさらぎ駅へとたどり着いた」

健太が言うと、真実は予言の書を開いてページをめくった。
「何かを見落としていたのかもしれない……」
その手がピタリと止まる。
最後の見開きのページ……そこは白紙になっていた。
そのページの下のほうに、不思議な記号が描かれている。

□□.□□□□

□□□.□□□□

「この並んだ四角いマスはなんでしょうか？　小さくて、今まで気がつかなかったであります」
予言の書をのぞきこみ、尾狩刑事が言う。
真実は口もとに手をやり、静かにつぶやいた。

「この本には、まだナゾが隠されているようだ……」

そして、人さし指で眼鏡をクイッと持ち上げた。

「すべてのナゾを解いた先に、アリスさんやほかの子たちがきっといる。予言の書のナゾを解いて、必ずきさらぎ駅にたどり着いてみせる」

真実の瞳には、力強い光が宿っていた。

（後編につづく）

その後の科学探偵「尾狩刑事の秘密のファイル」

著者紹介

佐東みどり

脚本家・作家。アニメ「サザエさん」「ハローキティとあそぼう！まなぼう！」などを担当。小説に「恐怖コレクター」シリーズ、「謎新聞ミライタイムズ」シリーズなどがある。

（執筆：プロローグ、2章）

石川北二

監督・脚本家。脚本家として、映画「かずら」（共同脚本）、映画「燐寸少女 マッチショウジョ」などを担当。監督としての代表作に、映画「ラブ★コン」などがある。

（執筆：4章、エピローグ）

木滝りま

脚本家・作家。脚本家として、ドラマ「正直不動産2」、「カナカナ」など。小説に「セカイの千怪奇」シリーズ、『大バトル！きょうりゅうキッズ　きょうふの大王をたおせ！』などがある。

（執筆：3章）

田中智章

監督・脚本家・作家。脚本家として、アニメ「ドラえもん」、映画「シャニダールの花」などを担当。監督として、映画「花になる」などがある。「全員ウソつき」「天空ノ幻獣園」シリーズ執筆。

（執筆：1章）

挿画

kotona

イラストレーター。児童書や書籍の挿絵のほか、キャラクターデザインなどで活躍中。

HP：marble-d.com

（マーブルデザインラボ）

ブックデザイン
アートディレクション

辻中浩一
＋
村松亨修（ウフ）

科学探偵
謎野真実シリーズ

科学探偵VS.終末の大予言［後編］

ついに『予言の書』を手に入れた真実たちは、
消えた少女・尾狩アリスが向かったであろう
きさらぎ駅を目指し、残る予言の謎に挑む。
「神の使い」とは、何者なのか。
そして、なぜ子どもたちは行方不明になったのか!?

2025年
2月
発売予定!

おたより、イラスト、大募集中!

公式サイトも
見てね!

監修　金子丈夫（筑波大学附属中学校元副校長）
取材協力　形状記憶合金協会（1章）、
東京大学サイエンスコミュニケーションサークルCAST
編集デスク　野村美絵
編集　金城珠代
編集協力　河西久実
校閲　宅美公美子、野口高峰（朝日新聞総合サービス）
本文図版　倉本るみ、アソビディア（3章、トリックアート作成）
コラム図版　笠原ひろひと
写真　iStock
キャラクター原案　木々
ブックデザイン／アートディレクション　辻中浩一＋村松亨修（ウフ）

おもな参考文献、ウェブサイト
『新編　新しい理科』3～6（東京書籍）／『週刊かがくる　改訂版』1～50号（朝日新聞出版）／『週刊かがくるプラス　改訂版』1～50号（朝日新聞出版）／『未来へひろがるサイエンス1』（新興出版社啓林館）／『日本現代怪異事典』（笠間書院）

科学探偵（かがくたんてい） 謎野真実（なぞのしんじつ）シリーズ
科学探偵（かがくたんてい） vs. 終末（しゅうまつ）の大予言（だいよげん）［前編（ぜんぺん）］

2024年11月30日　第1刷発行

著　者　作：佐東みどり　石川北二　木滝りま　田中智章　絵：kotona
発行者　片桐圭子
発行所　朝日新聞出版
〒104-8011
東京都中央区築地5-3-2
編集　生活・文化編集部
電話　03-5541-8833（編集）
03-5540-7793（販売）

印刷所・製本所　大日本印刷株式会社
ISBN978-4-02-332401-5
定価はカバーに表示してあります

落丁・乱丁の場合は弊社業務部（03-5540-7800）へ
ご連絡ください。送料弊社負担にてお取り替えいたします。

© 2024 Midori Sato, Kitaji Ishikawa, Rima Kitaki, Tomofumi Tanaka ／ kotona,
Asahi Shimbun Publications Inc.
Published in Japan by Asahi Shimbun Publications Inc.

ナゾノベル

悪魔の思考ゲーム

著 大塩哲史　絵 朝日川日和

天才的な頭脳
思問考

×

運動神経バツグン
在間ミノリ

思考実験がテーマの
頭脳フル回転ストーリー

1巻 入れ替わったお母さん

母親が別人に!?
本物はどっち?

登場する思考実験

- テセウスの船
- 囚人のジレンマ ほか

2巻 恐怖のハッピーメイカー

視聴者に命を選別
させる、恐怖の配信者!

登場する思考実験

- トロッコ問題
- アキレスと亀 ほか

3巻 繰り返す3日間

思問が生き残る
未来にたどりつけるか?

登場する思考実験

- ラプラスの悪魔
- シュレディンガーの猫 ほか

ナゾノベル

スリル満点のホラーミステリー！

オカルト研究会シリーズ

著 緑川聖司
絵 水輿ゆい

「きみはいまから霊感少女になってくれ……」

天堂恭介
高校1年生。体も態度もでかいオカルト研究会会長。本人に霊感はないらしいが……。

霧島亜紀
借金のかたに「霊感少女」役を押し付けられた女子中学生。

オカルト研究会と幽霊トンネル

幽霊トンネルで呪われた友人の兄。そして、町で次々と起きる怪異。霧島亜紀とオカルト研究会が解き明かした驚愕の真実とは？

オカルト研究会と呪われた家

中学1年生の霧島亜紀は、友達に誘われて、ある廃屋に肝試しに行く。しかしそこはいわくつきの呪いの家で、メンバー全員が呪われてしまった……。

ナゾノベル

数は無限の名探偵

「事件÷出汁＝名探偵登場」
はやみねかおる

「引きこもり姉ちゃんのアルゴリズム推理」
井上真偽

「魔法の眼」
加藤元浩

「ソフィーにおまかせ」
青柳碧人

「盗まれたゼロ」
向井湘吾

定価：1100円
（本体1000円＋税10%）

イラスト：箸井地図、フルカワマモる、森ゆきなつ、あすばら

―― 難事件の真相は、「数」がすべて知っている！

「算数・数学で謎を解く」をテーマに、
５人のベストセラー作家が描く珠玉のミステリー。
あなたはきっと、数のすごさにおどろく！